光文社文庫

長編時代小説

流鶯（りゅうおう）

吉原裏同心(25)
決定版

佐伯泰英

光　文　社

目次

新吉原廓内図

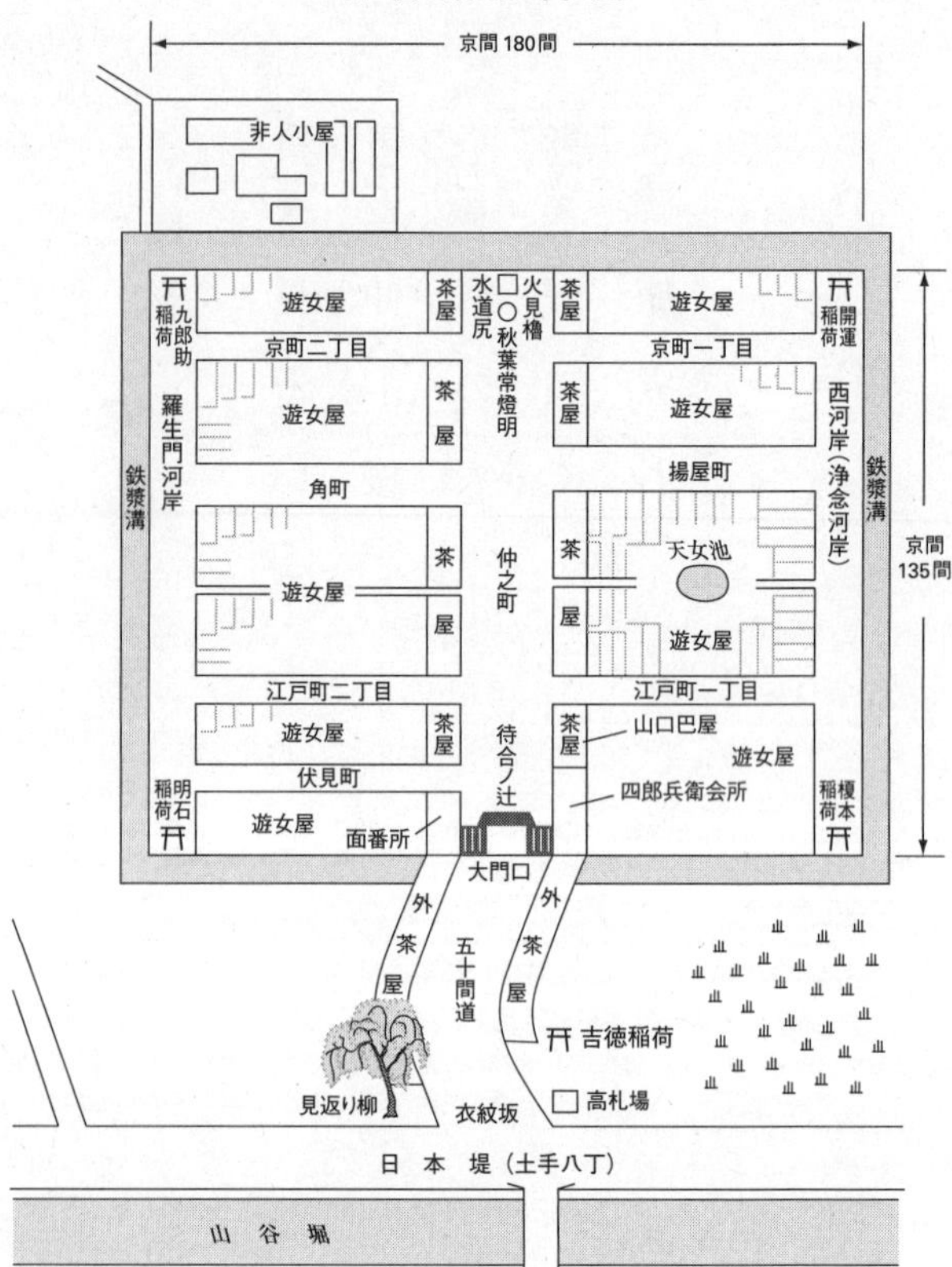
京間180間
非人小屋
九郎助稲荷
遊女屋
茶屋
水道尻
火見櫓
秋葉常燈明
開運稲荷
京町二丁目
京町一丁目
羅生門河岸
西河岸（浄念河岸）
鉄漿溝
揚屋町
角町
天女池
仲之町
京間135間
江戸町二丁目
江戸町一丁目
山口巴屋
待合ノ辻
伏見町
四郎兵衛会所
明石稲荷
榎本稲荷
面番所
大門口
外茶屋
五十間道
吉徳稲荷
見返り柳
衣紋坂
高札場
日本堤（土手八丁）
山谷堀

北
東
南
西
荒川
千住大橋
千住道
鐘ヶ淵
隅田村
隅田川
寺島村
小塚原
日本堤
新吉原
金杉上町
三河島
日暮里
田端
駒込
谷中
千駄木
白山
下谷
東叡山寛永寺
根津権現
本郷
中堂
不忍池
小石川
御薬園
伝通院
鷲神社
浅草寺
東本願寺
幡随院
広徳寺
阿部川町
新堀川
今戸町
山谷堀
今戸橋
小梅村
浅草花川戸町
吾妻橋
竹町ノ渡し
田原町
三間町
並木町
駒形堂
蔵前
菊坂町
池之端仲町
下谷広小路
湯島天神
春日町
御徒町
水戸徳川家
牛込
神田明神
外神田
向柳原
森田町
御米蔵
北割下水
石原町
神田川
神楽坂
牛込御門
小石川御門
水道橋
天王町
浅草橋
柳橋
御竹蔵
南割下水
昌平橋
筋違御門
和泉橋
柳原土手
両国広小路
本所
番町
田安御門
俎板橋
雉子橋御門
一ツ橋御門
神田橋御門
内神田
馬喰町
両国橋
回向院
竪川
市谷
市谷御門
清水御門
小伝馬町
今川橋
日本橋
新大橋
常盤橋御門
小名木川
北町奉行所
室町
江戸橋
麹町
半蔵御門
江戸城
呉服橋御門
日本橋
南茅場町
仙台堀
深川
材木町
西之御丸
南町奉行所
鍛冶橋御門
組屋敷
八丁堀
永代橋
京橋
富岡八幡宮
桜田御門
霊岸島
赤坂御門
永田町
数寄屋橋御門
西本願寺
石川島
越中島
山王日枝神社
新橋
築地
佃島
溜池
幸橋御門
汐留橋

『流鶯』主な登場人物

神守幹次郎……豊後岡藩の馬廻り役だったが、幼馴染で納戸頭の妻になった汀女とともに逐電の後、江戸へ。吉原会所の七代目頭取・四郎兵衛と出会い、剣の腕と人柄を見込まれ、「吉原裏同心」となる。薩摩示現流と眼志流居合の遣い手。

汀女……幹次郎の妻女。豊後岡藩の納戸頭との理不尽な婚姻に苦しんでいたが、幹次郎と逐電、長い流浪の末、吉原へ流れつく。遊女たちの手習いの師匠を務め、また浅草の料理茶屋「山口巴屋」の商いを任されている。

四郎兵衛……吉原会所七代目頭取。吉原の奉行ともいうべき存在で、江戸幕府の許しを得た「御免色里」を司っている。幹次郎の剣の腕と人柄を見込んで「吉原裏同心」に抜擢した。

仙右衛門……吉原会所の番方。四郎兵衛の右腕であり、幹次郎の信頼する友でもある。

玉藻……仲之町の引手茶屋「山口巴屋」の女将。四郎兵衛の娘。

三浦屋四郎左衛門……大見世・三浦屋の楼主。吉原五丁町の総名主にして四郎兵衛の盟友であり、ともに吉原を支える。

薄墨太夫……吉原で人気絶頂、大見世・三浦屋の花魁。吉原炎上の際に幹次郎に助け出され、その後、幹次郎のことを思い続けている。幹次郎の妻・汀女とは姉妹のように親しい。

村崎季光……南町奉行所隠密廻り同心。吉原にある面番所に詰めている。

足田甚吉……幹次郎と汀女の幼馴染。豊後岡藩の中間だった。現在は藩を離れ、料理茶屋「山口巴屋」の男衆をしている。

柴田相庵……浅草山谷町にある診療所の医者。お芳の父親ともいえる存在。

お芳……柴田相庵の診療所の助手にして、仙右衛門の妻。

正三郎……四郎兵衛に見込まれ、料理茶屋「山口巴屋」の料理人となった。玉藻の幼馴染。

おりゅう……吉原に出入りする女髪結。かつて幹次郎と汀女が住んでいた左兵衛長屋の住人。

長吉……吉原会所の若い衆を束ねる小頭。

金次……吉原会所の若い衆。

遼太……吉原会所の若い衆。

伊勢亀半右衛門……浅草蔵前の札差を束ねる筆頭行司にして伊勢亀の隠居。薄墨太夫の馴染客。

伊勢亀千太郎……浅草蔵前の札差伊勢亀の当代。半右衛門の息子。

流鶯(りゅうおう)——吉原裏同心（25）

第一章　見習い

一

如月も残り少なくなった朝、神守幹次郎は下谷山崎町の津島傳兵衛道場に朝稽古に出た。このところ稽古を休んでいたこともあって、津島傳兵衛に指導を願うためだ。

傳兵衛は快く津島道場の客分格の幹次郎の願いを聞き入れた。

この日の立ち合いは津島道場の門弟の間で代々語り草になるほど緊迫に満ちたもので、両人の攻めと防御の一手一手に隙がなく、その場にあった門弟衆も息を呑んで見守った。

一刻半（三時間）の立ち合いののち、ふたりは阿吽の呼吸で竹刀を引いて一礼し合った。

幹次郎が弾んだ息の下で、

「津島先生、ご指導有難うございました」

と礼を述べると傳兵衛が、

「わしが十歳、いや、十五歳若ければそなたの相手になったのだがな。真剣なれば、神守幹次郎どのの鋭い攻めに何度命を落としたか。竹刀でよかったわ、もう少し生き永らえる」

と冗談めいた言葉ながら真顔で言った。

お互い手の内をすべて出し切ったことに満足していた。

幹次郎は改めて礼を述べ、この日は重田勝也ら門弟と竹刀を交えることなく道場を下がり、住まいの柘榴の家近くの浅草聖天横町の湯屋に立ち寄った。すると番台のおかみさんが、

「神守様、着替えが届いていますよ。汀女先生が湯銭も払っていかれました」

と言った。

朝稽古に出かける前、汀女に願っていたのだ。むろん津島道場では稽古着であったが、手拭いで拭い切れない汗をそのままに吉原会所に出かけたくなかったか

らだ。

「有難い」

幹次郎は礼を述べ、いったん二階に上がり、刀掛けに大小を預けて一階に下りた。

聖天横町の湯屋は吉原で遊んだ客が立ち寄って、さっぱりして帰る湯屋として知られていた。この朝も、二階で職人風の男と屋敷奉公らしい武家方が茶を喫していた。

幹次郎はその武家が幹次郎の姿を見て顔を背けたのを見たが、吉原界隈では目を交わさないのも礼儀のひとつだった。

ゆえに刀を預けた幹次郎は、階下へとさっさと下りた。

衣服を脱ぎ、脱衣場から風呂場に入った。数人の先客がいたが顔見知りはこの界隈の油屋の隠居だけだった。

「おお、神守様か、珍しいな」

と隠居から声がかかった。

「朝稽古に行きましてな、汗を掻きましたので朝風呂の贅沢をなすことに致しました」

「なによりなにより」

かかり湯を使った幹次郎は湯船にゆっくりと浸かった。

「おお、そういやあ、番方とお芳さんの間に子が生まれたってな」

「ご隠居、ご存じでござったか」

「わっしも掛かりつけは柴田相庵先生でな、もっともこの数年は診療所に面を出すこともねえがね。先日、今戸橋の向こう方で相庵先生が若い見習い医師を連れて往診に行くのに出会ったのよ。そしたら、ひとしきり孫の自慢を聞かされたぜ。女の子だってな」

見習い医師は菊田源次郎だろう。

「ひなという名にござる」

「おまえさんが名づけ親だと言ってね、ひなの名を詠み込んで創った五七五を教えられたが、忘れちまった。なんだったかな」

「そんなことまで相庵先生が披露致しましたか」

「ああ、ありゃ、相当舞い上がっているな、嬉しいんだね」

隠居が言った。

「相庵先生は生涯独り身で通されましたから、孫どころか身内を持つことは諦めておいででした。相庵先生の右腕のお芳さんが養女になり、会所の番方が婿として入った。その結果、ひなが生まれた。嬉しさも一入でござろう」

「相庵先生は独り身を通したわけじゃねえぜ、裕福な医者の娘と一度所帯を持ったんだがよ、余りの貧乏に相手の女が愛想を尽かして直ぐに出ていったんだよ、神守様は承知か」

「おお、そうでしたな。以前にそうお聞きしていました、ご隠居」

「この界隈に相庵先生が来たのは、なんといったかな、そうそう、宮内って医者に弟子入りしたあとよ、独り立ちして、この界隈に引っ越してきたんだ。それでわっしらと直ぐに知り合いになった。二十歳を過ぎたばかりの生意気盛りの若い衆でよ、待乳山大根連なる集いを持ってよ、呑み食いに女遊びにと一人前にやったもんだ。相庵先生もそのひとりよ」

「驚きました。相庵先生にそんな時代があったなどとは」

「だれだって若い時分は色恋沙汰のひとつや二つは持っていようじゃないか」

「相庵先生にもございましたか」

「それがさ、わっしらがもっぱら大門を潜る組だとしたら、柴田相庵と三味線屋の喜一さんは素人女がいいんだと、吉原には見向きもしなかったな。相庵先生は、医者という商売柄か、なかなか心の内をわっしらに明かさなかったがね、わっしはあのころ、ひとりだけ女を見たことがある。ありゃ、互いに惚れ合っていたが、未だ手さえ触れてなかったとみたね」

「その恋は実りましたか」

「神守様よ、実らなかったから別の女と所帯を持って直ぐに別れたんだよ。いや所帯を持ったのが先かその娘との付き合いが先か、思い出せねえな。ともかくよ、相庵先生は俗にいう女運が悪いってやつだ」

幹次郎は曖昧な話にただ頷いた。

この隠居の名を幹次郎は知らなかった。

湯屋で何度も顔を合わせていながら、今更名を訊くのも変だ。ついそのままに、油屋の隠居として認識してきた。

その名も知らぬ隠居が、湯の中で遠く過ぎ去った時代を回顧するように天井付近に開けられた格子窓から差し込む朝の光を見上げてしばらく黙り込んでいたが、

「北割下水の御家人、水上神之兵衛様と言われたかな、城勤めの侍の娘の香保様が相庵先生の惚れた相手よ。わっしは偶さか横川に船で油の仕入れに行ってよ、ふたりして並んで歩いているのを見たんだ」

「往診先の娘さんではなかったので」

「最前も言ったが、互いに好き合った間柄だったな」

隠居が言い切った。

「その日から数日後、待乳山大根連の集いがこの界隈の門前蕎麦の二階であったと思いねえ。相庵先生、といってもそのころは柴田清次郎って名だったがね、清次郎さんがよ、わっしによ、『参太郎さん、横川で見た光景は仲間に内緒にしてくれないか』って険しい顔で願ったんだ。わっしが見ていたのを知っていたんだな。わしゃ、その清次郎さんの願いを聞き入れて、仲間にはなにも言わなかったのよ」

と自慢げに言った。

「ふたりはなぜ破恋に至ったのですか」

「そのあとのことだ。わっしが清次郎さんに、『どうなったえ、あの娘』と、尋ねたら、ただ顔を横に振ったな。そのあと、仲間のひとりから清次郎さんの元気がないのは、好きな娘が吉原に身売りしたからだって聞いたな。娘の親は北割下水の御家人だ、金に詰まってのことだろうよ」

「相庵先生は大門を潜って香保様に会いに行かなかったのですか」

参太郎と名を知った油屋の隠居は顔を横に振ると、

「行かなかったと思うよ。相庵先生はさ、女運がないって言ったろ」

と言い、また純愛の娘の話に戻った。

隠居の話は正しそうだが、時の経過がごっちゃになっていた。

「娘が吉原に売られて一年後か、吉原を燃やし尽くす火事があってよ、さっぱりと焼けた。そんとき、顔を煤だらけにした清次郎さんを仲之町で見かけたな。あとで聞くと娘は火事で焼け死んだそうだ。十七だか、十八だと聞いた。色の白い整った横顔の娘だったぜ」

しばらくふたりの間に話が途切れた。

幹次郎は思いがけない柴田相庵の昔話を聞かされて、柴田清次郎という若い見習い医師の姿がなかなか頭に浮かんでこなかった。

「七、八年もしたころかね、医師として独り立ちした清次郎さんがよ、病に罹った吉原の女郎を治療していると聞いて、わしゃ、相庵先生、あの娘が忘れられないんだなと思ったぜ。所帯を持ってもうまくいくわけねえよ」

「そんなことが」

「あったのさ。遠い昔の話よ」

と隠居が話を締め括った。

「緋桃咲く　時節を待ちて　ひな生まる」

幹次郎は己が読んだ拙い句を胸の中で呟いた。

その日、幹次郎は朝昼兼ねためしを食し、おあきと猫の黒介に見送られて汀女といっしょに柘榴の家を出た。

夫婦して浅草田町一丁目から山谷堀に出た。

吉原はこのところ静かな日々が続いていた。

汀女が商いの全権を任されている浅草寺門前並木町の料理茶屋山口巴屋に行かず、幹次郎といっしょに吉原に足を向けたには理由があった。若い遊女や禿たちに字や文の書き方、あるいは俳諧和歌などを教える日に当たったからだ。

「玉藻様は元気になられましたか」

幹次郎が肩を並べて歩きながら汀女に訊いた。

玉藻はこの数年、慎一郎と名乗る若い男を異母弟と信じて四郎兵衛には内緒で付き合ってきた。

それは慎一郎の口車に乗せられてのことだった。慎一郎は四郎兵衛とは全く無縁の男で、吉原のことしか知らない、ある意味では世間知らずの最も騙しやすい玉藻から金を引き出すために「姉」として利用してきたのだ。

そんな慎一郎を幹次郎が始末してからひと月以上が過ぎていた。

玉藻は未だ幹次郎を避けている様子があった。

「前より随分と元気が戻りましたよ。近ごろでは二日に一度は料理茶屋のほうにも顔出しして、料理人の正三郎さんと話したりしていますもの」

「姉様とはどうか」

「私とも話しますよ」

「となると、避けておられるのは、それがしだけか」

「避けておられるのとは違うのですよ、幹どの。一番話したいのは父親の四郎兵衛様、そして、真実を教えてくれてあの男を始末までしてくれた幹どのですよ。だけど玉藻様はなかなか言い出せないの。自分が何年にもわたって取り続けてきた行動が愚かだった、ということを玉藻様はよく分かっているのです。幹どの、もう少し玉藻様に時を貸してくださいな」

「それがしのことはどうでもよい。だが、四郎兵衛様とは話し合い、一日でも早く気持ちのわだかまりを解くことが大事かと思う」

幹次郎は汀女に告げていた。

「玉藻様も分かっておられます。だけど、あのような慎一郎の話を信じた自分をどうしても許せないと思うておられるのです。胸の中では思うていても、なかなか口に出せないのです」

汀女は玉藻の心中を繰り返して幹次郎に説明した。

「分かっておる」

玉藻が弟と信じていた男を眼前で始末した幹次郎を許すには、長い歳月がかかると幹次郎は思っていた。それが吉原会所の裏同心の、

「務め」

であった。

「人の一生にはあれこれとあるものよ」

幹次郎の呟きに汀女が、おや、といった顔で幹次郎を見た。

湯屋で聞いた、柴田相庵の若い時代の話で、悲劇に終わった香保のことが胸に残り、玉藻と慎一郎のこととといっしょになって、そのような呟きを幹次郎に吐かせたのだろう。

「いや、われらの来し方を思い出しておったのだ」

幹次郎の返答を汀女は素直に信じたわけではなかった。やはり弟と信じた男に大金を何度も渡していた自分の愚行に決着をつけてくれた幹次郎に、苛立ちとも怒りとも感謝ともつかぬ複雑な気持ちを抱いている玉藻を気にしているのだと汀女は考えた。

ふたりはそんな気持ちを抱きながら五十間道を通って大門に辿りついた。

朝帰りの客はすでに大門を出ていた。

吉原がいちばん長閑な時を独り占めするように大門前に面番所の隠密廻り同心村崎季光がいた。

「ほう、今朝は仲良く夫婦で遅出勤にござるか」

「お早うござる」

と幹次郎が村崎に挨拶した。

「さっぱりとした顔をしておるのう」

「朝稽古のあと、湯に入りましたでな」

「夫婦していっしょに内湯か、仲睦まじゅうてよいな」

村崎に会釈した汀女は村崎の言葉に構わず、さっさと手習いの番の妓楼に向かって歩いていった。

「聖天横町の湯屋にござる」

「なぜそなたの女房はわしを避ける。一度として栢榴の家に招いたことがないではないか」

「あのようなことを申されるからです」

「あのようなとはなんのことだ」

「もうお忘れですか。姉様の酌で一杯やりたいと申されましたな」

幹次郎の詰問に村崎季光は、無精髭が生えた顎を撫でた。そう言ったことを思い出せない様子であった。

「昨夜はなんぞ騒ぎがございましたか」

幹次郎は話の矛先を変えた。

「居残りがふた組、ひと組は旗本四百七十石納戸組頭の次男坊が住吉楼にもう三日居続けておるそうな。番頭が催促すると中間が金を持ってくる、安心せよと、平然としておるそうだ」

「旗本の次男坊ですか。厄介になりそうですな」

四百七十石の旗本では知行所から入る米は二百石弱だ。これを札差にて換金し、一年に三度、春と夏に四分の一ずつ、冬に残りのすべての、

「御切米」

を受ける。

だが、万事諸色が高い江戸での暮らしは、直参旗本といえども決して楽ではない。納戸組頭には役料が付いたが、役職にはあれこれと付き合いの費えがかかった。

大半の旗本が札差から何年も先の禄米を前借りしていた。

「厄介だな」

「村崎様はお会いになったので」

「住吉楼に頼まれたでな」

かような雑事をなぜ会所に回さなかったのか。村崎は口利きをすればなにがしか楼から手数料が出ると思っているのだろう。

「偶に仕事をなさるのも悪いことではございますまい」

「近ごろの旗本の次男坊はすれっからしだ。町奉行所の同心など屁とも思っておらぬでな。わしに向かって、中間が金子を持ってくると申しておろう、邪魔をするな、と権柄ずくで追い立てよった。敵娼女郎の千代松もわしのことなど知らぬ顔よ」

「それでは金になりませぬな」

「ならぬ」

村崎季光は平然と答えた。

「もうひと組、居残りがあると申されましたな」

「駒宮楼に紺屋の若旦那と称する者が四日居続けしておる。竜閑川の近くの紺屋町にお店も作業場もあると言うておるが、ありゃ、若旦那なんかじゃないな、手の爪なんぞ紺色に染まっておる、職人だな。わしが口利きしようと駒宮楼に言ったのだが、まあ、一日二日待ってみますなどと呑気なことを言うておる。駒宮楼は、あとで泣くことになろうな」

と不満顔をした。

村崎はこちらにも声をかけたようだが、楼への介入を断わられたようだ。

「裏同心どの、なんぞ金になる口はないか。ここのところ全く実入りがない上に、吉原に絡んだ仕事を定町廻り同心の桑平がさらっていきおる。それもこれもそなたが、桑平に加担してわしをないがしろにしているせいではないか」

と文句を言った。

「村崎どの、人聞きが悪うございますぞ。まるでそれがしが桑平どのと組んで金儲けのために奔走しているように聞こえますぞ」

「そなたら夫婦、吉原会所で丸抱え、子供もおらぬのだ。給金はふたり分、その上、小体ながら小洒落た家まで会所から都合してもらっておる。田舎大名の仕官をあっさりと断わるはずだ。その何分の一かをわしに寄越せと言うておるのだ。その理屈が分からぬわけではあるまい」

「分かりませぬ。われら夫婦、働きに応じた給金で地味に暮らしております。その上、小女を養うのに汲々としております」

「ああ言えばこう言う、あれこれと屁理屈で抗いおる。わしの給金を承知か、三十俵二人扶持だぞ」

「定町廻り、臨時廻り、そして、そなた様の隠密廻りの三廻りは町奉行所の花形、ことのほか実入りがよいと聞いておりますがな」

「それもこれも嫁がしっかりわしから取り立てて、わしの使い分は雀の涙だ。ゆえにこうしてそなたに頼んでおる」

村崎は平然と女房に給金を押さえられていることを告げた。

「残念ながら裏同心には楼や茶屋から実入りなどございませんでな。これにて御免」

と言い残した幹次郎は長閑な仲之町を横切って会所の腰高障子を開けた。

二

小頭の長吉らが妙な顔で幹次郎を迎えた。金次などはにやにや笑いをしていた。

幹次郎はいつものように村崎季光とのやり取りを漏れ聞いてのことかと思った。

「奥で七代目がお待ちです」

長吉が幹次郎に無表情に告げた。奥座敷に吉原会所に不釣り合いの人物が訪れているのだろう。

幹次郎は会所の広土間に慎ましやかな草履が揃えてあるのを見て、腰の一剣を外し、右手に持って上がった。

草履は女ものだった。

会所を訪れる女がいるとしたら吉原内の遊女か、廓で働く女衆たちだ。

幹次郎は履物から察して遊女ではないと思った。

奥に通ると、四郎兵衛と番方の仙右衛門の前に若い女がいた。

何度も水を通ったと思える藍染の絣を着て自分で結ったように頭を丸髷にした、襟足がきれいな娘だった。

幹次郎が座敷に通ると、口元が結ばれた横顔が整い、全体の印象がきりりとしている娘と分かった。

遊女志願の娘か、あるいは髪結の見習いかと察した。だが、直ぐにどちらとも違うと幹次郎は己の考えを否定した。

なぜ会所に素人娘がいるのか。それに、吉原会所の頭取が会うにしてもいささか妙な雰囲気だった。

「遅くなり、申し訳ございません」

幹次郎は三人が等分に見える場所に座り、四郎兵衛に詫びた。

娘が軽く幹次郎に会釈した。

「本日は朝稽古に行かれる日と前もって聞いております。それに汀女先生も手習いの日でしたな」

四郎兵衛が煙管を弄びながら幹次郎に言った。どことなく困惑の表情だった。

一方、仙右衛門も硬い顔つきで、幹次郎は場の雰囲気をどう見ればよいのか推量がつかなかった。

娘は二十歳前か、正座した姿勢がぴーんとしていた。おそらく立つと女としては背が高いであろう、と幹次郎は座った姿勢から推測した。

「神守様、紹介しておきましょうかな。嶋村澄乃様です」

四郎兵衛が敬称付きで姓名を告げたとき、娘は武家の出かと察した。それも屋敷奉公の娘ではあるまい、浪人の娘であろう。膝にきちんと置いた手は荒れてはいなかったが、しっかりとした手だった。

幹次郎は娘に会釈を返した。

娘が幹次郎に向き直り、

「宜しくお付き合いくださいまし」

と願った。

なんとも妙な挨拶だった。まるで吉原内で働くと決まった者の挨拶に聞こえた。

「澄乃様の父御とこの四郎兵衛、昔のことですがお付き合いがございましてな。澄乃様の三つ四つのころを覚えております」

四郎兵衛が言った。

そのとき、幹次郎は四郎兵衛の傍らに書状があるのを見てとった。やはり吉原になにごとか頼みに来たのか。

「母御様は澄乃様が九つの折りに亡くなり、半年前に父御の嶋村兵右衛門様も病で身罷られたそうな」

四郎兵衛の言葉に幹次郎は頷いた。

仙右衛門は無言を守っていた。

「四谷御門外でただ今はお独りでお暮らしだそうです。兵右衛門様が書き残された書状を持参なさっておられます」

幹次郎は四郎兵衛の話しぶりがいつもの歯切れのよさを欠いていると思った。

「澄乃様はなんぞお困りですか」

幹次郎が四郎兵衛に話を進めるように誘いをかけた。

「澄乃様は吉原で働きたいと願っておられます」

「遊女を望まれておられますので」

幹次郎の問いに、

「いえ」

と澄乃が即座に答えた。ただし、言い方に不快の様子は感じられなかった。幹次郎の問いを否定した澄乃は言葉を続けた。

「父は、四谷御門外にある、とある町道場の雇われ師範として長年勤め、私どもふたりの生計を立てておりました。父の流儀は鹿島新当流でございます」

「父上が亡くなられたあと、この半年お独りで暮らしておられましたか」

「はい。父の弔いや遺品の整理をしておりました。それもようやく片づきましたので父の命に従い、こうして本日吉原会所の四郎兵衛様をお訪ねし、父の遺した文をお届けに上がるとともにお願いに上がりました」

「吉原で働きたいのですか」

　幹次郎は念を押し、さらに質した。

「遊女ではないとすると、吉原で独り者の娘御が奉公する場所は極めて限られております。澄乃どのは吉原がどのような場所か、ご存じでございましょうか」

「世間の人が知る程度には承知です。数多ある遊里の中でもただ一か所、公儀が許した遊里と聞いております」

　首肯した幹次郎が澄乃に問うた。

「失礼ながらお歳を伺って宜しいか」

「十八にございます」

「これまでなんぞ奉公をなされましたか」

「いえ、父の稼ぎで暮らしておりましたので、奉公はしたことがございません」

「それでいきなり吉原に奉公したいと」

幹次郎は吉原で娘が働くとしたら、どんな職があるだろうかと思った。だが、茶屋奉公か、髪結くらいしか思いつかなかった。

「亡き父御が、困った折りは吉原会所の頭取を訪ねよと言い残されたのですね」

「それもございますが、私の望みでもございます」

幹次郎の念押しに澄乃ははっきりと答えた。

「そなたの望みですか」

いよいよ幹次郎は澄乃がなにを願っているのか見当がつかなくなった。

「神守様、澄乃様は吉原会所に勤めたいのだそうで」

とそれまで黙っていた仙右衛門が言い出した。

「吉原会所には女の働き場所はない。四郎兵衛様が隣の引手茶屋ならば奉公することはできると説明されたのですが、いえ、吉原会所に勤めたいの一点張りでしてね」

四郎兵衛と仙右衛門の困惑が幹次郎にようやく分かった。

「澄乃どの、吉原会所がどのような働きをするところか、いや、その前に吉原がどのような土地なのか、武士の父御といっしょに暮らしてこられたそなたには理解がつきますまい」

「神守様、そなた様は吉原に入られたとき、吉原のことが、あるいは会所の仕事がお分かりでございましたか」

澄乃が幹次郎に反問した。

「いや、それは分かっておらなんだ。なにしろ姉様と、いや、女房といっしょに」

「手に手を取って駆け落ちなされ、吉原に救われたのでございましたね」

「そなた、それがしのことを承知か」

「はい。あれこれと調べた上でこちらに参りました」

「それでこの会所で澄乃どのはなにをなさりたいので」

「神守幹次郎様と同じ吉原裏同心が望みです」

はあっ
と仙右衛門が驚きの声を上げた。

四郎兵衛はそのことを承知の様子だった。おそらく文に認(したた)められてあったのだろう。

「そりゃ、無理だ。会所の務めは男でなければできないんでね。ましてや神守様のなさる務めは、ときに非情残酷な決断をしなければなりません。吉原の遊女三千人を守り、ときに足抜を、おお、足抜というのは女郎が無断で廓内から世間へと逃げ出すことですがね、足抜を防ぐのもわっしらの仕事だ。たかだか二万七百余坪しかない吉原だが、禿から太夫まで三千人余の遊女を見守るのが務めでしてね。とりわけ神守様の務めは、危険極まりない。これまで命を懸けた戦いの末に、裏同心なんて有難くもない名まで付けられたお方です。神守幹次郎様しかできない職なんですよ。それを娘のおまえさんができるわけもない」

仙右衛門の言葉は険しかった。

「お尋ねします」

澄乃が仙右衛門の顔を正視した。格別に感情が高ぶっている様子もない、落ち着いた挙動だった。

「大門を潜る女衆には、切手を渡し、戻る折りに切手がなければ外へは出られないそうですね」

「へえ、遊女には高い金がかかってございましてね、妓楼の稼ぎ頭ですから足抜は厳禁です」

仙右衛門の言葉について澄乃はしばし黙考し、言った。

「それでもしばしばあれこれ手を使い、足抜する遊女がいるということを聞きました。過日も男に化けて大門を抜け、生まれ在所の川越へ逃げた遊女がいたそうですね」

十八の娘は、吉原会所がどのようなところか調べ抜いて四郎兵衛を訪ねてきたのだ。

ふうっ、と仙右衛門が息を吐いた。

「遊女が男に化けて大門を抜けることは向後も繰り返されましょう。なぜだかお分かりでしょうか」

「わっしらの隙や油断がもたらすしくじりだ。ともかく切手の受け取りを厳重にするしかありますまい」

と仙右衛門が言った。

「人がやることです、失態は致し方ございません。ですが、足抜を少なくすることはできます」

十八の素人娘に会所の頭取ら三人がいいようにあしらわれていた。

「ほう、そんな考えがあれば教えてくだせえ」

仙右衛門の顔に苛立ちがあった。

「大門の女の出入りを男の目ばかりで見ているから、足抜がなくならないのです。女の目が加わり、怪しいと思えば女の私がその人物を触って男か女か区別することもできます」

「なるほど」

と四郎兵衛が感心したように言った。

「それは長いこと気づかなかった。女の目で出ていく男を見ていれば、これまで見逃してきた足抜も防げたかもしれませんな」

「いかにもさようです。澄乃どのの申されること、一理ございますね」

「それだけのために女裏同心を雇うのですかえ。神守様をはじめ、わっしらの仕事は大門前に突っ立っているだけじゃございませんぜ。未然に騒ぎを防いだり、仲之町で刃物を振り回す輩を取り押さえたり、それこそ命を懸けての務めですよ」

それでも仙右衛門は持論を展開した。

「父から鹿島新当流を教え込まれました、物心ついてから稽古を欠かしたことはございません」

と澄乃が願った。

「そなたがなかなかの腕前とは察しておった。だがな、吉原の会所勤めをするということは腕が立つだけでも、女の目で男女を見分けるだけでもできない。遊女三千人の頂点に立つ松の位の太夫でも、この高塀と鉄漿溝の向こうには勝手気ままに飛び立てぬ籠の鳥なのだ。そんな気持ちを分からぬと、遊女と接することはできぬし、遊女たちから信頼も得られぬ。人と人、お互いが立場を尊重し合うことが吉原会所の奉公人にはいちばん大事なことなのです、澄乃どの」

「神守様、必死で務めます」

「どうしたもので」

と四郎兵衛が幹次郎を見た。

「いくら親父様から剣術の指南を受けたからって女ですぜ。吉原会所の務めが果たせますかえ」

仙右衛門がそのことに拘った。

「お試しくださいまし」

と澄乃が言った。

しばし沈思していた仙右衛門が、

「よし」

と言った。

「七代目、若い衆と棒を振り回して相手してもらいましょうかな。それでも澄乃様が会所勤めをしたいというのなら、あとは七代目の判断だ」

「嶋村兵右衛門様は、書もなかなかの腕前でございましたな」

とだれにとはなしに呟いた四郎兵衛が幹次郎を見て、

「神守様、行司方をお願い申しましょうかな」

と立ち上がった。

四人の男女が奥から会所の板の間に出た。会所の土間の壁には木刀、竹刀の類から六尺棒、捕縄などが厳めしく掛けられていた。

「だれか澄乃様と立ち合ってみる者はいないか」

はあ、という顔を長吉らが一様にした。

澄乃の背丈は五尺四寸（約百六十四センチ）あった。女としては高いほうだ。どこにも無駄に肉がなく均整のとれた体つきで、物心ついてから稽古をしてきたというのは真だと思われた。

「番方、女衆と立ち合ってどうするんで」

と金次が質した。

「嶋村澄乃様のこれからがかかっていることだ。女だと思って生半可な立ち合いなんぞしてみろ、おれが叩きのめす」

仙右衛門の剣幕に若い衆ががくがくと頷き、

「遼太、おまえいけ」

金次が若い衆の中でも年季の浅い遼太を指名した。

「おれが女と叩き合うのか。怪我なんぞさせたくねえな」

遼太は、板の間から土間に下り立つ澄乃を見た。

澄乃が、

「ご無理なお願い、申し訳ありません」

「いえ、なあに」

と言いながら仙右衛門の険しい顔を見た遼太が壁から竹刀を二本手にして、一本を澄乃に差し出した。

澄乃が一礼して竹刀を受け取った。

「娘さん、おれたちよ、剣術はやったことがねえけどよ、吉原にいれば騒ぎは毎日起こる。侍だって相手にすることもあらあ。だがよ、おれ、女と一対一で立ち合ったことなんてないぜ」

「名はなんと申されます」

「遼太だ」

「遼太さん、剣術は中途半端な気持ちでは怪我をします。私を吉原で乱暴狼藉を働く悪者と思い、好きなように殴ってきてください」

「そうか、怪我をしても知らねぇぜ」

遼太の言葉に澄乃がにっこりと笑って応じた。

土間の隅から会所の飼犬の老犬遠助が突然始まった広土間の対決を、丸まったまま目だけを開けて見ていた。

幹次郎がふたりの間に立ち、

「どちらかの竹刀が相手の体に触れたとき、勝負は決したことにする。よいな、ご両者」

とふたりに注意した。

幹次郎はすでに澄乃の力を見抜いていた。遼太などが敵う相手ではなかった。亡父嶋村兵右衛門から伝授された鹿島新当流はほんものだった。

「よし、いくぜ」

遼太が片手で竹刀を提げ、澄乃との間合を詰めてきた。

澄乃が竹刀を正眼（せいがん）に構えた。見事な構えでぴたりと決まっていた。竹刀の先端が遼太の両目の間を押さえて動きを止めた。

「これは」

四郎兵衛が呟いた。ほぼ同時に、

「勝負あった」

と幹次郎が審判を下した。

その声に澄乃が正眼の構えを崩して後ろに引いた。

「ちょちょちょっと待ってくれよ、神守様よ。こりゃ、なにか芝居の稽古か。勝負なんて始まってねえぜ」

「いや、すでに決した」

「だってよ、神守様はよ、どちらかの竹刀が相手の体に触れたときと言ったじゃねえか」

「申した。だが、力の差が分かったゆえ止めた」

「おれの勝ちか」

「いや、澄乃どのの勝ちだ」

「馬鹿な、やってもみないでなにが分かるよ」

遼太が文句を言った。

幹次郎が澄乃を、よいかという顔で見た。澄乃が頷き、勝負が再開された。

三

遼太は竹刀を両手に握り替え、上下に揺らしながら左右に体を飛び跳ねさせた。剣術を知るという女剣士に的を絞らせない知恵だった。

広土間で見物する若い衆は壁にへばりついて、打ち合いの場を空けた。遼太が動きやすいようにだ。

澄乃の正眼の構えに変わりはない。構えに余裕があり、静かなる威圧が均整の取れた五体から滲み出ていた。だが、遼太はその行動を、

「用心」

していると勘違いしていた。

「よし、いくぞ」

遼太は自らを鼓舞し、竹刀を上下左右に目まぐるしく動かしながら、澄乃との

間合を詰め、肩口に竹刀を叩きつけようとした。下半身が上体に追いついていかず、伸び切った姿勢の肩打ちだった。

無益な考えと無駄な竹刀の動きを見切った澄乃は、ぎりぎりまで遼太を引きつけ、竹刀を弾こうともせず、がら空きの胴に、

びしり

と音を立てて巻きつけるような一撃を送った。

しなやかで素早い一撃だった。

「あっ」

と悲鳴を上げて遼太が老犬の寝ているところまで転がっていった。

澄乃は力いっぱいに叩いたわけではなかった。それでも遼太の無駄な動きを読み切っての攻めで遼太を土間に転がしたのだ。

「勝負あり」

と勝敗を宣告した幹次郎が遼太を見て、

「どうだ、得心がいったか」

と訊いた。

「うー、得心なんていくもんか。神守様、おかしいぞ。男のおれが女に負けるな

んておかしいじゃねえか」

遼太が打たれた胴を摩(さす)りながら首を捻(ひね)った。

「おかしくもなんともない、分かり切ったことだ」

「分かり切ったってなんのことだ」

「力の差だ。未だ負けを認めぬというか」

幹次郎の問いに、

「いや、おれは土間に転がったんだ、負けたんだ。だがよ、どうして女に負けたのかが得心できないのだ」

「力の差と言うたぞ。これはな、剣術を長年真剣に修行してきた者とそうではない者の差だ。男とか女とかは関わりないことだ」

「おれはただ勢いだけか。それで女に負けた」

「そういうことだ」

と答えた幹次郎が若い衆を見回し、

「だれか他に澄乃どのと打ち合ってみたい者はいるか」

「おれが遼太の仇(かたき)を討つ」

金次が名乗りを上げた。

「ならば得意な道具を選べ」

金次は壁に掛かった道具から赤樫の六尺棒を摑んだ。

「これでいいかな」

金次が澄乃を見た。

「構いません」

「よし」

金次は澄乃の前に立つと一礼し、

「赤樫の棒で打たれると骨が折れるぜ、娘さん」

「剣術の稽古には怪我は付き物です」

澄乃の答えはあくまで冷静だ。

新たな組み合わせの対決が始まった。金次は遼太の兄貴分だ、その意地と面目があった。

金次は半身に構えて両手に持った六尺棒を自在に前後に動かして、ぴたりと澄乃の胸辺りを狙って構えた。

澄乃は最前と同じく正眼の構えだ。

金次が慎重に間合を詰めた。

六尺棒を突き出せばその先端が澄乃を捉える間合に入っていた。

金次の右手に突き動かされて棒が澄乃へと伸びた。だが、それは直ぐに手繰られ、次の瞬間、金次は足を踏み込みながら一気に棒を突き出した。なかなか鋭い突きだったが、澄乃はその攻めを正眼の竹刀で、

ぱちり

と音を立てて押さえた。すると金次の突き出された六尺棒が動かなくなった。

「な、なんだ」

金次は必死の形相で手前に引こうとしたり、それが叶わぬと知ると、体を棒に預けて力任せに押し込もうとしたりした。

だが、澄乃は涼しげな顔で棒を押さえ込んでいた。

「ち、畜生」

金次が叫びながら両足を踏んばると、いったん軽く押し込んでおいて一気に棒を引いた。

その瞬間、澄乃が竹刀を外すと、金次が腰砕けになりながら尻餅をついた。

澄乃が、すいっと間合を詰めて棒を竹刀で薙ぎながら、立ち上がろうとした金次の肩口を、

ぽん
と軽く叩いた。

金次はふたたび尻餅をつかされた。

「勝負あった」

幹次郎が声を上げた。

四郎兵衛の高笑いが響き、仙右衛門が苦虫を噛み潰したような顔を見せた。

「金次、どうだな」

幹次郎が金次に問うた。

「負けた、話にならねえ。だがよ、遼太じゃねえが、どうして娘っ子に負けたか分からねえ」

「剣術は力や若さだけではない。澄乃どのは、父御から鹿島新当流を基から教え込まれている。そなたが持つ若さと力だけではどうにもならぬ技を身につけておられる。まず並みの男では澄乃どのには太刀打ちできまい」

ふうっ
と息を吐いた金次が、

「神守様と立ち合うとどちらが勝つ」

と尋ねた。

「それは立ち合うてみねば分からぬ。だが、七代目がそれをご所望かどうか、命次第だ」

幹次郎が澄乃に視線をやりながらそう答えた。すると四郎兵衛が返答をする前に、

「お願い申します」

と澄乃が願った。

幹次郎が四郎兵衛を見た。すると四郎兵衛が頷いた。

幹次郎は遼太が未だ手にしていた竹刀を借り受けると、

「父上の鹿島新当流の教えを拝見しよう」

と澄乃に向かって一礼した。

「神守様、この立ち合い、私が吉原会所に奉公できるかどうかの試しと思うてようございますか」

澄乃が一途な眼差しを幹次郎に向けた。

若い衆の中に、ごくり、と唾を呑んだ者がいた。それほど澄乃の気持ちは強く固かった。

「吉原会所の頭取は四郎兵衛様にござる。そのことは七代目がお決めになることです」

澄乃が四郎兵衛に視線を送り、無言で願った。

「澄乃様のご決意を見せてもらいましょうかな」

四郎兵衛が答え、大きく首肯した澄乃の視線が幹次郎に戻ったときには最前までと表情が変わっていた。その険しい表情は凛々しく美しかった。

両者は間合四尺（約百二十一センチ）で竹刀を相正眼に構えた。

女剣術家が世の中にいないことはない。だが、これほどの技量と覚悟を持った構えの剣者は男にもそうはいまい、と幹次郎は思った。

幹次郎も澄乃も動かない。

長い時が吉原会所に流れていった。

澄乃の白い顔がだんだんと紅潮していくのを四郎兵衛と仙右衛門は見ていた。

力と技の差は歴然としていた。なにより神守幹次郎には数多の修羅場を潜ってきた経験があった。

一方、澄乃は父の嶋村兵右衛門が教え込んだ技量だけで幹次郎と戦わねばならなかった。

澄乃は父の教えにかけて一手だけでも神守幹次郎に打ち込み、四郎兵衛に気持ちを伝えたいと必死だった。

踏み込もうと自らを奮い立たせようとした。だが、足が動かなかった。その場に釘づけになったように身動きが取れなかった。

最前の遼太と金次が対戦した折りとは全く反対の現象が起こっていた。だが、澄乃はそのことにさえ気づかないでいた。

眼前に大きな岩壁が立ち塞がっていた。

(どうすれば巨壁を一撃できるか)

迷っていた。初めての経験だった。

幹次郎はただ待っていた。

澄乃の決断の刻を待っていた。

土間の片隅に寝ていた老犬の遠助が顔を上げて会所の腰高障子を見た。

がらり

と障子が開いて、敷居を跨ごうとした者がいた。

面番所の村崎季光同心だ。

「おい、昼見世……」

と言いかけた村崎が、

「な、なにをやっておる。会所はいつから道場になったのだ」

と言いかけて、幹次郎の相手が女と知ると、

「ああ、女と」

とさらに語を継ごうとした。

その瞬間、澄乃が踏み込んで正眼の竹刀を幹次郎の面へと鋭く打ち込んだ。渾身の一撃、一身をかけての面打ちだった。

幹次郎の竹刀が鋭い面打ちを弾くと、澄乃の手から竹刀を飛ばした。

一瞬立ち竦んだ澄乃がその場に正座をして幹次郎に一礼し、四郎兵衛へと顔を向けた。

「お粗末でございました」

腹の底から絞り出すような哀しげな声だった。

「ふうっ」

と息を吐く四郎兵衛に村崎同心が、

「会所はなにをやらかそうというのだ。もうそろそろ昼見世が始まろうというのに会所の者はひとりとして大門に出ておらぬではないか。その上、やるに事欠い

て会所の土間で剣術の稽古か」

と怒鳴った。

幹次郎は黙っていた。

沈黙の間のあと、四郎兵衛が言った。

「村崎様、会所にな、娘の裏同心がひとり加わったのでございますよ」

「な、なにをばかなことを抜かしておる。女に吉原の会所勤めができるか」

「できるかできぬか、新入りと立ち合うてみますかな」

四郎兵衛が村崎に言った。

「ばかを申せ。わしは仮にも南町奉行所隠密廻り同心村崎季光じゃぞ、女如きと立ち合えるか」

と言い残すと、憤然として怒りを五体から発散させて会所から出ていった。行きがかりで澄乃と立ち合うことを恐れたのは明白だった。

「昼見世だぜ、配置につきねえ」

と番方の仙右衛門が小頭の長吉らに言った。

半刻（一時間）後、会所の奥座敷に四郎兵衛、幹次郎、仙右衛門、玉藻、そして、吉原での手習いを終えた汀女がいて、嶋村澄乃がその前に身を小さくするように座していた。

「驚いたわ」

と説明を受けた玉藻が最初に言葉を発した。

幹次郎は、玉藻の声が力強いものに戻っていると感じた。

「吉原会所に女裏同心が誕生したの」

「おかしいか」

「おかしかないけど、働き場所ならば、うちだって汀女先生の仕切る料理茶屋の山口巴屋だってあるじゃない」

「それが澄乃さんは会所で働きたいと言われるのだ。亡くなられた嶋村兵右衛門様がわしに宛てた文にも、できることならば娘の願いを聞いてくれないかと、懇切に認められてあった」

「澄乃さん、吉原会所は、外から見るほど楽じゃないわよ。廓内は表向き、華は花魁衆、遊女衆よと、大身旗本や大名様、金持ちの商人衆にちやほやされても所詮は籠の鳥。この廓内から出ていくのは、年季が明けたか、滅多にあることじゃないけど、身請けされたか、あるいは死んだかのときの三つしか手はないの。どれもが容易く得られる機会じゃない。だから遊女衆の中には、命を懸けて逃げ出そうとあれこれと手を使う者もいる。そんな足抜を企む遊女には必ず手助けする悪が控えている。これを阻もうとなると、頭も使わねばならないし、力で抗うこともあるのよ。それが澄乃さん、できる」

と玉藻が尋ねた。

「できるよう努めます」

「言葉ばかりの覚悟ではどうにもならないわ。あなたがなぜ吉原会所の女裏同心になろうと考えたか、私には今ひとつ理解できないけど。神守幹次郎様と汀女先生のご夫婦は格別なの、そのことを澄乃さんはご存じ」

「いえ、存じません」

と答えた澄乃が顔を伏せ、直ぐに玉藻に視線を戻した。

「でも、ひとつだけ身をもって感じたことがございます」

「なに、それ」

「神守幹次郎様の剣は、私の父などとは比べようもない高みにあることです。凄味を感じました」

「ほれ、ご覧なさい。そうでなければ吉原の裏同心なんて務まらないのよ」

玉藻の言葉に澄乃は悄然としたが、顔は上げたままだった。

「玉藻、男だって会所に入れば三年や四年は雑巾がけ、雑用をこなしながら務めを覚えていくのだ。まして女の身でそこまで覚悟したことを認めてもよかろう」

と言った四郎兵衛が汀女に目を向けて、

「汀女先生、どう思われますな」

と訊いた。

「私どもがこちらに世話になって長い歳月が流れました。今でこそ吉原を承知したような顔でございますが、江戸の西がどちらで東がどちらかも存じませんでした。吉原会所に女衆が加わるのは、悪い考えではないような気がします。ご一統様に申し上げるのは甚だ僭越とは存じますが、吉原の遊女衆を見張り、ときに助けるお役目の会所が男だけの視線で成り立っていては、偏った考えに陥りやすいかと存じます。嶋村澄乃さんが会所に加われば、大門の出入りも女の視線で違ったところから見張れるのではございませんか」

「汀女先生の仰る通りだ、玉藻。見習いの女裏同心が一人前になるには十年はかかろう。その覚悟がございますかな」

と四郎兵衛が改めて澄乃に質した。

「ございます」

澄乃の返答はきっぱりとしていた。

玉藻はしばし沈思していたが、

「お父つぁん、喜扇楼さんをはじめ町名主衆に内諾を取っておいたほうがいいわ」

と言った。

「そうだな五丁町の名主方には許しを得ておく」

と最終決断をした四郎兵衛が、

「澄乃様、吉原会所の務めを果たすには四谷御門外から通えません。いつこちらに引っ越してこられますな。会所の家作がたしかひとつくらい空いていたな、番方」

と仙右衛門に訊いた。

「神守様方が住んでいた長屋で独り者用が空いております」

四郎兵衛が仙右衛門の返答に応じた。

「となれば、こちらは引っ越しはいつでもようございます」

「四郎兵衛様、父が残したものはすべて処分致しまして私の持ち物は風呂敷包みひとつにございます」

「ならば明日にも引っ越しておいでなされ」

「いえ、その荷は大門前の外茶屋に預かってもらっております」

えっ、と玉藻が驚きの声を漏らした。

しばし沈黙が場を支配し、

「それはそれは、最初からその覚悟で」

と四郎兵衛が言い、その先の言葉を呑み込んだ。

四

金次と遼太のふたりが澄乃を手伝い、外茶屋から鍋釜茶碗、それに夜具一組などを抱えて、幹次郎と汀女がかつて五年暮らした左兵衛長屋に案内していった。

浅草田町二丁目にある家作は吉原会所の持ち物で、吉原に関わりがある者が住まいしていた。

幹次郎らが住んでいた二階建ての長屋は所帯暮らしができるように畳の間が三間あった。だが、澄乃は独り身だ。同じ敷地にある別棟の長屋だ。

三人の若い男女が荷物を背負い、抱えた引っ越しの場に居合わせた髪結のおりゅうは、

「な、なんだい、金公よ、若い娘が独りで住むってのかい」

と驚きの言葉で応じた。

「髪結の姉さん株のおめえさんだって独り身じゃないか。うちの家作に娘が住んだっていいじゃないか」

「まあ、そうだがさ、吉原でなんの奉公をするんだい。まさか私と同じ髪結じゃないよね」

と興味津々に尋ねた。吉原は遊女三千人の女所帯だ、髪結の仕事はいくらでもあった。

「違うよ。澄乃さんの親父さんは町道場の師範をしていたんだがよ、半年前に亡くなったんだ。その親父さんが知り合いの七代目を頼れって言い残してよ、そこで澄乃さんがさ、会所を訪ねてきたんだよ」

金次がおよその顚末を語った。だが、金次と遼太がこてんぱんに澄乃に負けた情けない話はしなかった。

話を聞いていたおりゅうがしばし沈黙したあと、

「なんだって女裏同心になりたいんだよ」

澄乃の顔を横目でちらちら見ながら金次に尋ねた。

「見習いだけどな」

「見習いだってよ、裏同心は大変な務めだよ。神守様は特別。女、それも若い娘に務まるかえ」

やり取りを黙って聞いていた澄乃が、

「嶋村澄乃と申します、宜しくお付き合いのほどお願い申します」

とおりゅうに挨拶した。

「た、魂消た、本気かえ」

おりゅうが言い、左兵衛長屋の面々が姿を見せて一頻りわいわいがやがや騒ぎ立てた。

長屋の女衆が見つめる中、澄乃は金次と遼太に案内されて敷地の北側にある空店に向かった。

「ここだ。前はよ、吉原出入りのなんでも屋の爺さんが住んでいたんだが、一年前、年取ったってんで、深川の倅の家に引き取られて以来、空店だったんだよ。うちは手入れがいいや、障子だって畳だってちゃんと新しくしてある。まあ、見てくんな」

　腰高障子を開けた金次が澄乃に空長屋を見せた。

　お定まりの九尺二間の間取りだが、台所の置き竈もしっかりとして棚もあり、道具が置けるようになっていた。狭い土間に続く板の間もきれいに掃除がされていた。

　澄乃は長屋の様子を見て安心したか、

「野宿も覚悟していましたが、屋根の下に暮らすことができます」

　と思わず安堵の言葉を漏らした。

「さあ、遼太、夜具や家財道具を運び込むぜ」

　金次が遼太に命じて玉藻が揃えてくれた家財道具を運び込んだ。

「これで米、味噌、油なんぞが揃えば、なんとか暮らしが立つな」

　金次が狭い台所に鍋釜茶碗などを整理して置き、夜具が畳の間に置かれた。

　澄乃も、風呂敷包みを板の間に置いた。その風呂敷包みの他に澄乃は布に包んだ長い物を五十間道の外茶屋浪花屋に預けていた。

　金次も遼太もそれが刀だと推量していた。

「おめえさんよ、親父様の形見の大小か」

金次が確かめるように問うと、澄乃が板の間にぴたりと正座して金次と遼太に、

「先ほどは会所に勤めたさの一心とは申せ、大変失礼を致しました。お許しください、金次さん、遼太さん」

と丁寧に頭を下げて詫びた。

「ちょちょ、ちょっと、失礼もなにもおれたちが弱いんだ、致し方ねえよ。だけどな、道場の稽古とは違ってよ、現場はああはいかねえぜ。おれたちもつい女と思って油断した」

と金次が言い訳した。だが、ふたりとも澄乃の強さは身に染みていた。

「分かっております」

「それにしても、おめえさんも大胆な娘だな。いきなり身の回りの物を持参して会所に談判だもんな。親父様と七代目がどんな付き合いか知らないが、よくまあ、七代目もおまえさんの願いを聞き届けたもんだ」

金次が首を捻った。

ふたりは置き竈の前にぺたりと座った。板の間の澄乃が、

「子供心に四郎兵衛様のことは覚えがあるようなないような、曖昧としております。父からは七代目とどんな付き合いであったかも聞かされておりません」

「それで吉原を訪ねてきたのか」

遼太が呆(あき)れたように言った。

「ぶっ魂消たぜ。そりゃさ、吉原は女が華の廓だ、女郎になろうと自分から身を落とす好き者も偶にはいるがさ、会所に女の身で奉公とはな」

「遼太さん、おかしいですか」

「考えてみればよ、会所に女がいるのはなにかと都合がいいよな。だって、悪さした女をよ、とっ捕まえてもおれたちが体を触ろうもんなら、ぎゃーぎゃー騒ぎ立てる女がいるぜ。そんとき、澄乃さんがいれば女同士だ、騒がずに持ち物なんぞを調べさせてくれないか」

「まあな」

と金次が答えたとき、おりゅうを先頭にぞろぞろと左兵衛長屋の女衆が茶だの、甘い物だのを持って澄乃の新居に入ってきた。

「おっ、引っ越し祝いか」

「ばか野郎。金公め、引っ越しの挨拶は引っ越してきた住人が私たちにくれるもんだよ。聞けば武家の娘にして十八じゃ、気がつくはずもないよね。そこでさ、こっちから挨拶に参じたのさ」

「承(うけたまわ)った。髪結のおりゅうさん」

澄乃の代わりに金次がおりゅうの挨拶を受けた。

「なんで金公が挨拶するんだよ」

「まあ、仲間だからな。吉原の事情も知らないや。そこでこの金次が澄乃さんの代わりに挨拶を受けたんだよ」

「素人娘だと思って手出ししようなんて、考えているんじゃないかえ」

左兵衛長屋の姉さん株のおりゅうが伝法(でんぽう)な口調で釘を刺した。

「いや、それは決してねえ」

「四郎兵衛様が怖いからだろう」

「そうじゃねえよ、曰(いわ)くがあるんだよ」

「まさか、娘の形(なり)して男というんじゃないよね」

「そうじゃねえよ、おれと遼太はよ」

金次は澄乃と立ち合い、あっさりと負けた経緯(いきさつ)を喋(しゃべ)る羽目になった。

おりゅうが金次と遼太、それに澄乃を見ていたが、

「こりゃ、驚いた。見習い女裏同心は本気なんだ」

「なんたって、親父様が剣術師範だってよ。澄乃さんは子供のときから剣術の稽

古をしてきたんだ、強いのなんのって。遼太もおれもあっさりと土間に転がされたんだよ」

「呆れた話だね、それじゃ吉原会所の名入り半纏が泣くよ」

「おりゅうさん、そう言うなよ。ほんとうに強いんだよ」

遼太も金次に口を揃えた。

おりゅうが改めて澄乃を見た。

「おふたりは剣術を承知しておられません。神守様には手も足も出ませんでした。私、子供のころから父が世間で一番強い剣術家と思ってきましたが、神守様と立ち合ってその考えが間違いと気づかされました」

「そりゃ、当たり前さ。神守様と汀女様は幼馴染だったがよ、汀女様は父親の借財のかたに上役の嫁に行かされたんだよ。その手を神守様が取って駆け落ちだ。当然、武家方のことだ、妻仇討として十年も死の恐怖に怯えながら逃げ回った末に吉原に流れついたんだもの、吉原会所と神守様の出会いが互いに運をもたらしたのさ。会所はどれほど神守夫婦に助けられたか。おまえさんが本気で吉原会所に奉公するつもりなら、神守様方の覚悟を見習うことだよ。それしか道はない。だって吉原裏同心は神守幹次郎様が命を張って切り開かれた道だからね」

おりゅうがなにも知らない風の澄乃に言った。

「はい、そのお言葉肝に銘じます」

「明日から吉原会所に出仕かね」

「そのつもりです」

「形をどうするつもりです」

おりゅうが澄乃に訊いた。

「形と申されますと」

「いくら女裏同心とはいえ、その御家人か浪人の娘の衣裳はないね」

「稽古着ならば刺し子がございます」

「華の吉原だよ、刺し子の稽古着は野暮だよ。どうしたものかね」

おりゅうも直ぐには考えがつかないのか、商売柄で頭に目をやった。

「その丸髷はダメだね」

「どうすればようございましょう」

「ばっさりと髪を切って後ろでひっ詰めるんだね。そうすれば、吉原会所の女見習いになろうじゃないか」

「えっ、髷を切るのか」

遼太が驚きの声で言った。

「まずは身形だよ」

おりゅうの言葉に澄乃がしばし瞑目し、板の間に置いた刀が入っている布包みに手を掛けた。包みから黒塗り鞘の大小と懐剣が現われた。

澄乃は懐剣を手にすると髷の元結を切ろうとした。

「お待ちなさい。おまえさんの覚悟は分かったよ」

おりゅうが自分の長屋に戻り、髪結の道具を持ってふたたび姿を見せた。

そのとき、板の間の真ん中に澄乃が座していた。

「澄乃さん、改めて訊きますよ。覚悟は宜しゅうございますね」

「はい」

女ふたりが言い合った。

「七代目も髷まで切れとは言わなかったんじゃないか」

「うるさい、金公。この形で女裏同心が務まると思ってるのかい。まず女の気持ちを捨てるんだよ。そのために髷を切ってひっ詰めにしなと言っているんだよ」

おりゅうは女髪結として吉原の裏表を承知していた。それだけに嶋村澄乃が浪人の娘から吉原会所の新入りとなってまず、

「身形」

を変えるべきだと考えたのだ。

「おりゅうさん、申される通りです」

澄乃の言葉に頷いたおりゅうが道具箱を手に澄乃の背に回った。それを金次や遼太、長屋の女衆が見つめていた。


その夜、幹次郎が柘榴の家の門を潜ったのは五つ（午後八時）時分だった。静かな夜見世（よみせ）の様子に四郎兵衛が、

「偶には早くお戻りなされ」

と許しをくれたのだ。しばらく考えた幹次郎は、

「お言葉に甘えさせていただきます。なんぞあれば使いを立ててくだされ。直ぐに馳（は）せ参じます」

と応じた。

土間に金次がいた。

澄乃に立ち合いで負けた直後は、情けない顔をしていたが、どこかさっぱりとした表情で幹次郎に言った。

「明日驚くことがありますぜ、神守様」

「なにを驚くというのだ」

「まあ、見てのお楽しみだ」

と金次が言った。

幹次郎もそれ以上は質そうとはせず、

「なんぞあればわが家に知らせを頼む」

と願って大門を出た。

幹次郎がおあきと黒介に迎えられて戸口を跨ごうとしたとき、汀女も戻ってきた。

「姉様、早いではないか」

「こういう夜もあるんですね。お客様が少ないし、玉藻様が偶には早く亭主どののところに帰りなさいと早引けを許してくれました」

「吉原も静かなものだ」

ふたりして普段着に着替えて、台所の板の間に切り込まれた囲炉裏端に落ち着いた。

囲炉裏には埋火が灰の間から顔をちらりと覗かせて、鉄瓶が静かに湯気を上げていた。

「玉藻様は落ち着かれたようじゃな」

「はい。だれが自分のことを心から想うておられるか分かったようです」

汀女の言うのは料理茶屋の料理人正三郎のことを指していた。

おあきがふたりの膳を急いで仕度し始めた。

夕餉は汀女が前日から用意した食材で、おあきでも調理できるようにしてあったものだ。

この日は、鯖のせんば煮とほうれん草のごま和えに貝汁だ。

黒介が普段着に着替えた汀女の膝に乗り、幹次郎が銚子の酒を汀女の杯に注いで、自分の杯も満たした。

「頂戴しよう」

ふたりは酒を静かに口にした。

「正三郎さんはどう思うておられる」

「幼いころから玉藻様を承知の正三郎さんです。大事なお方とは思いながらも四郎兵衛様のことを思うとなにもできないのではないでしょうか」

「玉藻様の相手は吉原会所の跡継ぎでなくてはならぬと考えておいでか」

「正三郎さんは申されませんが、自分にはその資格がないと思うておられると思います」

幹次郎はしばし黙考したあと、

「玉藻様、正三郎さんが互いを想うておられるのならば所帯を直ぐにも持たれることだ。そのうち子が生まれ、男なれば跡継ぎにするのもひとつの途かと思う。待てよ、跡継ぎのことは、別だな。それとこれとを一緒にしてはならぬな」

「どなたかが口を挟まぬ限り、この話、先に進みますまいな」

汀女は言外に幹次郎が四郎兵衛と話せと言っていた。

「その機会があればな」

「いくらお元気とは申せ、四郎兵衛様も人でございますすよ」

汀女の念押しに幹次郎は小さく頷いた。

黒介がみゃうみゃうと鳴き、食いものをねだった。

ちょうどおあきが膳を運んできたからだ。

汀女が煮魚の身を箸でほぐして黒介の口に入れた。

「姉様、澄乃どののことをどう思われる」

「女裏同心になりたいとはまた思い切ったことを考えられました」

「亡き父親が勧めた話であろうか」

「そうとも思えません。澄乃さん自らが父親の死後、吉原について聞き知り、幹どのの務めを知ったのではございませんか」

「それを四郎兵衛様は許された」

「幹どのはどう思われます」

「裏同心というても一概に言えまい、男と女は違うでな。なにより武家方の十八の娘が吉原会所のことを知り、裏同心などという汚れ仕事を務めようと思う気持ちがな、それがしには今ひとつ分からぬ」

「それでも幹どのは賛意を示された」

「一方で吉原会所に女の奉公人がいても便利かと思う。だが、それがしのように斬り合いをなすこともあるまい」

「なにか疑念がございますか」

「亡父嶋村兵右衛門様と四郎兵衛様が十数年前、どのような付き合いをなされていたか、そのことに関わってくるような気がする」

「怪しげなお付き合いとも思えませぬ」

汀女の言葉に幹次郎は頷いた。

おあきが自分の膳を囲炉裏端に運んできた。

「おあき、先に食せ。われらは少しばかり酒を呑むでな」

とおあきに言った幹次郎は、

「嶋村澄乃なる娘が怪しげなことを考えているとも思えぬ。だが、娘が本日話したことがすべてではなかろう」

幹次郎の言葉に汀女が頷いた。

「隠していることがあれば、いずれ露呈しましょう」

「そうだな」

幹次郎は猪口の酒を呑み干し、汀女の杯を満たした。

夫婦ふたりにおあき、そして、家付きの猫の黒介、それぞれが囲炉裏の埋火を見ながら、柘榴の家の宵は、ゆっくりと時が流れていこうとしていた。

第二章　仲之町の桜

一

翌朝、幹次郎は柘榴の木の庭で木刀を使っての素振り、真剣での居合(いあい)抜きを愛猫の黒介が見守る中、一刻（二時間）ほど続けた。そのあと、汀女が用意していた着替えと手拭い、湯銭を持って聖天横町の湯屋に向かった。

昨日より早い刻限だが、洗い場には仕事前に湯に浸かる職人風の男らがいた。そして、その中に油屋の隠居がいて、朝の挨拶を交わした。

「神守様、今朝はいつもより早いな」

「津島道場での朝稽古は休みました。その分、早いのです」

と答えた幹次郎に、

「吉原は事もなしか」

と隠居が応じた。

「このところ大きな騒ぎはございません」

「結構なことだ」

「客が少ないせいともいえます」

「なんでも商いには波があるものよ。まして吉原は男どもの夢の場所だ。直ぐに客足が戻る」

隠居の言葉に頷き、かかり湯で体を洗ったふたりは柘榴口を潜って湯船に向かった。こちらにもふたりほど客がいたが、吉原帰りの客か見知らぬ顔だった。

「隠居も昔は大門を潜られた口と仰いましたな」

ふっふっふふ

と笑った隠居が、

「最後に潜ったのがいつだったか、随分遠い昔になるな。女房が死んで四十九日の法事を三ノ輪(みのわ)の菩提寺(ぼだいじ)でした足でよ、大門を潜ってみた。仲之町から五丁町をぐるりと回ってさ、楼にも上がらず大門を出た。なんだか吉原に女房の供養(くよう)に行ったようだったたぜ」

「その気にもならず五丁町で亡くなられたご内儀の思い出に浸られましたか。いい話です」

「うるさく言うやつがいなくなると、その気がなくなった。人は不思議な生き物だな。おまえさんなど会所勤めだ、遊びはできまい」

「女房どのがうるさく言うわけではございませんが、吉原を守る者が遊ぶのは無理でしょう」

「因果な奉公先に勤めたな」

「その代わり退屈はしませぬ」

幹次郎と隠居は湯に浸かりながら当たり障りのない話をした。

「大門で思い出した。ものの本にな、吉原の大門は年中開けっ放しで閉めることはないと書いてあるのを承知か」

「それは存じませんでした。ただ今ではご存じのように引け四つ（午前零時）に大門を閉め、そのあとは潜り戸から出入りを致します」

「まあ、『空といっしょにあける大門』と古川柳にいうからな、大門が開けっ放しの時代をわっしも知らないがね」

「七代目に訊いてみます」

「七代目ならば承知かもしれぬな」

幹次郎は長湯の隠居を湯船に残して柘榴口を出た。

この日、そんなわけでいつもより早い五つ半（午前九時）に大門を潜った。すると、珍しくも四つ（午前十時）前から面番所の隠密廻り同心の村崎季光が大門に立っていた。

「村崎どの、お早い出仕ですね」

「年寄りと女房が朝からがみがみと言うのでな、早めに出仕致した。そなたも早いではないか」

「本日は津島道場の稽古を休みましたからな」

と早い出仕の言い訳をここでもして会所に向かおうとすると、

「裏同心どの、仲間が増えた心境はどうだ」

と村崎が言い出した。

仲間とは嶋村澄乃のことだろう。

「昨日、不意に決まった話、未だ十八歳の娘でござる。海のものとも山のものとも判断がつきかねます」

「さような呑気なことでよいのか。そなたの職を女裏同心に奪われるのではないか」

「そのことは考えませんでした」

「真剣に考えることだ」

幹次郎がなにか魂胆（こんたん）のありそうな村崎の顔を見直した。

「女裏同心はすでに出仕しておる」

「おや、それは存じませんでした」

幹次郎が村崎と別れて会所に向かおうとすると、

「驚くでないぞ」

という声が幹次郎の背を追いかけてきた。

なにを驚くというのか。

幹次郎が腰高障子を開けると、長吉が背を向けた茶筅髷（ちゃせんまげ）風に結った男と話をしていた。地味な小袖、裁着袴（たつつけばかま）の腰に脇差（わきざし）が差されてあった。そして、右の腰には矢立（やたて）と小さな紙綴りがぶら下げられていた。

「ああ、神守様」

と長吉がその男を持て余していた風に幹次郎に声をかけた。すると男が幹次郎を振り返った。

なんと、男装した嶋村澄乃ではないか。

「そなたか」

「はい。本日より吉原会所の見習いとして出仕致します。よしなにお付き合い、ご指導くださいまし」

澄乃が言った。

「見違えた」

「左兵衛長屋の方々が会所勤めに相応しい形と髪型を整えてくれました」

「女子の髪は命というではないか、ようも思い切ったな」

「これで男に見えますか」

「いや、そなたの役目は女奉公人であろう」

「神守様の見習いになるのです。ちゃらちゃらした形ではならぬと髪結のおりゅうさんが髪をかように整え直してくれました。小袖も裁着袴もどこからか見つけてこられました。見習いですが、女裏同心になった気分です」

澄乃が言った。

うむ、と頷いた幹次郎は、そのうち見慣れてくるであろうかと首を捻った。

「奥に挨拶に参る」

「そのあと、廓内の見廻りでございますか」

と澄乃が尋ねた。

幹次郎の見廻りに同行するのかと考えた。ともあれ奥に通ると四郎兵衛と仙右衛門がいつものように茶を喫していた。

騒ぎのない折りの慣わしで、会所の一日がこうして始まった。

「ご覧になりましたな」

四郎兵衛の問いに幹次郎が頷いた。

仙右衛門は黙って茶を喫していた。

幹次郎は番方が澄乃の会所入りを納得していないことを察していた。

「昨日からまるで見かけが変わりました。おりゅうらが考えたんでしょうが、総髪にして茶筅髷風に結い、たしかに女ではなくなりました」

「七代目、しばらく様子をみるしかございますまい」

「でしょうな。神守様にしばらくご指導を願えますか」

四郎兵衛の言葉は予想されたことだ。

「澄乃が女裏同心を志すのならば、神守様が指南役だな」

仙右衛門が突き放すように言い放った。

「そう言わんでくれ。そなた、廓の生まれではないか。指南役は番方にも願いたい」

「あの娘の魂胆が分からねえ。七代目、親父様とそれほどの付き合いでございましたので」

仙右衛門が昨日質さなかった疑問を発した。

「嶋村兵右衛門様のことについては、そのうち神守様にも番方にも話すつもりでおった。まずは澄乃がこの吉原会所で務まるかどうかを見定めたあとにしたい」

四郎兵衛は、仙右衛門の問いには答えなかった。

「やっぱり指南役は神守様だ」

仙右衛門が幹次郎の顔を見た。

昼前、幹次郎は澄乃を伴い、大門の前に立った。

仲之町では桜並木が植え込まれていた。

「花よりも　心の散るは　仲之町」

と川柳に読まれる春の吉原の光景だ。

村崎同心が興味深げにふたりを見た。

「村崎どの、改めて会所の見習い嶋村澄乃を紹介しておきたい」

と幹次郎が述べると、

「南町奉行所隠密廻りの敏腕同心村崎季光様にございますね。私、神守様より紹介に与りました嶋村澄乃です、今後ともよしなにお引き回しくださいまし」

と澄乃が如才ない口調で願った。

「なに、そなた、わしの名を承知か」

「官許の吉原は町奉行所の監督下にあります。つまりは村崎様のような同心どのが会所を指導しておられると聞き及んでおります」

「よう吉原を学んできたとみゆるな。考えてみれば大門の出入りの見張りを男だけでやっていたのが祟りで、これまでいくつも不備が生じたのだ。そなたの女の目で出入りを見張るのは大事かもしれぬ」

と言った村崎が、

「それにしても大胆にも形を変えたな、昨日のほうが断然よかったがな」

「あれでは遊女衆や出入りの女衆と見分けがつきませせぬ。ゆえにかような形に変えました」

と澄ました顔で答えた澄乃が、お待たせしましたという表情で幹次郎を見た。

幹次郎は大門の外に澄乃を連れ出した。大門外から仲之町を見た。

村崎同心がこちらを窺っていた。幹次郎はそれには構わず澄乃に説明を始めた。

「大門は明け六つ（午前六時）に開いて引け四つに閉じられる。だが、潜り戸は万が一の場合に備えて開かれておる。遊女が格別な理由で大門を出る場合には、楼の主の切手を所持しておる。またおりゅうさんのような髪結女が大門を入る場合には、出入りを見定めることとだ。吉原会所の大きな仕事のひとつが女の出入りの茶屋などの切手を所持せねばならぬ」

と幹次郎は澄乃に説明し、

「そなた、そのようなことは承知のようだな」

と尋ねた。

「いえ、私は大したことは存じませぬ。すべて基から教えてください」

と澄乃が願った。

幹次郎は、吉原会所の縄張りは廓内二万七百六十余坪だが、大門外の五十間道も外茶屋がある関係から、なにかあれば御用を務めることがあると澄乃に言った。

澄乃は亡父の形見と思える矢立から小筆を抜いて小さな紙綴りに認めた。

幹次郎は寺子屋の師匠にでもなった気分だった。

「澄乃どの」

と幹次郎が呼びかけると、

「師匠が敬称で呼ぶのはおかしゅうございます。澄乃、と呼び捨てにしてくださいまし」

と澄乃が即座に応じた。

「よし、澄乃、帳面に覚え書きを認めるのはなしだ。それがしが説明することは頭に覚えよ。相分かったか」

「は、はい」

澄乃は慌てて矢立に小筆を仕舞い、紙綴りは懐に入れた。

「よし、吉原は京間東西百八十間(けん)、南北百三十五間の方形の土地だ」

「それで二万七百六十余坪にございますか」

澄乃の言葉に頷いた幹次郎は、この廓の周囲に高塀があってその外は幅五間(約九メートル)の鉄漿溝で囲まれている、と言った。そんなふたりの問答を村崎同心が面白(おもしろ)げに聞いていた。

「わしもためになる。裏同心どの、澄乃に従(したご)うてよいか」

「村崎どの、遊んでおるのではございません。御免蒙ります」

と険しい口調で応じた幹次郎が、仲之町の奥へと澄乃を連れていった。

「吉原会所の隣に並んでおる引手茶屋が廓内でも格式のある茶屋で、七軒茶屋と呼ばれておる」

幹次郎は引手茶屋の役割を教えた。

さらに季節になると仲之町の大通りには桜や菖蒲が植えられることを説明しながらゆっくりと水道尻まで進んだ。そこには火の見櫓があって番小屋には番太がいた。

「大門からこの水道尻までが京間百三十五間だ」

「なぜ京間と断わられますのか」

澄乃が問うた。

「明暦の大火のあと、芝居町近くにあった元吉原がこちらに引き移されたのだが、元吉原は京の島原の遊里をもとに開基されたゆえ、京間が引き継がれたのであろう」

幹次郎の説明に澄乃が頷いた。

幹次郎は京町一丁目から二丁目、さらに角町、揚屋町、江戸町一丁目、二丁目、伏見町に大見世（大籬）、中見世（半籬）、小見世（総半籬）が連なる表通りを澄乃に見せて回った。昼見世が始まる前で、だれもいない籬の中を勤番侍や素見が覗き込んでいた。

幹次郎はあえて各妓楼のことを説明しなかった。

「神守様、本日は変わった連れを伴うて見廻りにございますか」

とか、

「会所に変わった奉公人が入ったってね、そのお小姓さんですか」

などと冷やかして訊く楼の男衆や遣手がいたりした。

だが、幹次郎は会釈するだけでその前を通り過ぎた。

幹次郎と澄乃が大門へと戻ってきたとき、昼見世が始まった。

「昼から吉原に来るのは武家が多いのはなぜですか」

「江戸のことはそなたのほうが西国生まれのそれがしより詳しかろう。参勤で江戸に来られた大名家の家来衆は、概して昼間は暇を持て余しておられる。また万が一に備えて夜は屋敷にいなければいかぬ。そこで吉原の昼見世や芝居小屋や浅草寺などを見物して暇を潰される。反対にお店の奉公人や職人衆は昼間仕事をしていよう。どうしても夜見世に吉原を訪れることになる」

「勤番侍は懐が寂しいと父がよう言うておりました」

「一概には決めつけられんが、町人ほど懐具合はよくあるまい。昼見世は夜見世で遊ぶより値が安い。ゆえに侍衆が多く見られるのだ」

幹次郎は、伏見町の木戸から明石稲荷に進むと羅生門河岸に澄乃を連れていった。

うっ

と澄乃が呻いて鼻に手を当てた。

どぶや食い物や欲望の果ての饐えた臭いがふたりを襲ってきた。夜見世ならば醜い場所や物を闇が隠してくれた。ために異臭も薄れる。だが、日中ではどうしようもない。

「澄乃、さような真似をするでない。鼻から手を離せ」

「なんという臭いでございますか」

「吉原は表通りばかりではない。ここは羅生門河岸というて一番安直に遊べる場だ。とはいえ、人が住む場所だ」

幹次郎の注意に澄乃は鼻から手を離した。

幹次郎を先頭に進むと、局見世（切見世）の中から不意に白粉を塗って歳を隠そうとした手が幹次郎の袖を引いた。

「会所の神守じゃ」

幹次郎が手を静かに払った。

「なんだえ、会所の侍かえ。銭にならぬな」

と煙草の吸い過ぎかしわがれ声が応じた。そして、

「おや、神守様、今日は妙な連れといっしょだね。それとも後ろのは素見かえ」

「会所の見習いだ」

昼でも薄暗い局見世の中から澄乃を子細に見つめる目があって、

「会所に女が奉公するのもご時世かね」

興味津々の声の主がこんどは澄乃の小袖を引いた。

玉木は羅生門河岸の主のような女郎だ。むろん幹次郎が吉原と関わりを持つ以前から羅生門河岸で生きてきた。

澄乃は袖を引き、大声を発しかけたが、必死で堪えた。そして、

「見習いです、宜しくお願いします」

と声を絞り出した。

そんな局見世女郎の〝挨拶〟を澄乃は受けながら、羅生門河岸の端、九郎助稲

荷に出た。さらに幹次郎はふたたび水道尻を経て澄乃をもう一本の局見世の西河岸（浄念河岸）に連れていき、途中から揚屋町の木戸を潜って一本の蜘蛛道に入り込んだ。

「澄乃、吉原は華やかなところばかりではない。昼でも地獄のような場もある。あのような場所でも女郎衆は必死に生きて暮らしを立てておられるのだ」

　幹次郎の言葉を澄乃は茫然と聞いていた。

「蜘蛛道と名づけられたこの狭い路地は、五丁町など妓楼の女郎衆を支える人々が住んでおる。湯屋から貸本屋、雑貨屋、油屋、医者まで揃っておるところだ」

「蜘蛛道には客は入ってきませんので」

「ここに見世はない。ゆえに客は入ってこぬ」

　幹次郎の説明に澄乃がほっと安堵して息を吐いた。

　蜘蛛道の先に光が差し込んで空間が開けた。

天女池だ。

　幹次郎は澄乃に吉原をざっと見せた最後に、吉原にあるただひとつの楽園、天女池に連れてきた。

二

小さな池の端に立つ野地蔵の前に薄墨太夫と禿の姿があった。薄墨はまず格別な日でなければ昼見世に出ることはない。天女池にお参りに来るときは小紋など、世間の武家方の女、加門麻に戻ったような姿であり、素顔を見せた。

春の日差しが天女池に散り、麻の白い顔を浮かび上がらせていた。

「ご機嫌いかがにございますか」

幹次郎が挨拶した。

麻が立ち上がり、

「神守様、おかげさまで息災にしております」

と挨拶を返した。

その麻の眼差しが後ろに従う嶋村澄乃にいった。

「おや、本日はお連れがございましたか」

と訝しい顔をした麻が、

「ああ、だれぞが会所に新入りの若い衆が入ったと言っておりましたが、このお方ですか」

と驚きの顔で言った。そして、麻が澄乃の形を微笑みの顔で見て、

「まさか武家方の娘が吉原会所の新入りとは」

と呟いた。

「澄乃の父御が四郎兵衛様と昔お付き合いがあったとか。その経緯があって父御が亡くなられ、ひとりだけになった澄乃は四郎兵衛様を頼って会所奉公を願い出たというわけです」

幹次郎は同じ武家方の出の加門麻に説明した。

「澄乃様と申されますか」

その間、澄乃は禿を従えた麻を茫然自失したような驚きの目で見つめていた。

幹次郎が丁寧に言葉をかけた相手の正体が摑めないような澄乃の顔に気づいた幹次郎が、

「澄乃、三浦屋の薄墨太夫だ。挨拶をせよ」

と命じた。

はっ、とした澄乃がようやく相手が吉原三千人の遊女の頂点に立つ薄墨太夫と知って、

「は、はい」

と狼狽の声で応じ、薄墨太夫と紹介された加門麻に、

「私、この度会所に世話になることになりました嶋村澄乃にございます」

と腰を折って名乗った。

素顔でも静かなる気品と貫禄を備えた太夫に圧倒されたか、澄乃は顔を紅潮させた。

「澄乃さん、神守幹次郎様のお役目をお望みですか」

「無理でございましょうか」

澄乃の反問に麻がしばし沈思し、

「大門を守る会所に女子がいなかったのは、不思議と言えば不思議です。神守様方を見習い、私どものために精を出してくださいまし」

と願った麻は、禿に先に三浦屋に戻っていなさいと命じた。

「澄乃、三浦屋まで送っていきなさい。蜘蛛道は禿が承知していよう」

と幹次郎が澄乃もその場から立ち去らせた。

ふたりを見送った幹次郎が加門麻に視線を移し、

「どう思われますか、麻様」

と尋ねた。

「なんぞ不審がございますので」

「父御は町道場の師範をして暮らしを立てていたようです。父子ふたりの暮らしが父の死で終わったとき、父は娘に吉原の四郎兵衛様を頼れと文を遺していたのです。澄乃は吉原会所のことを自ら調べたらしく、それがしのような陰の役目になりたいと願ってきたのです。女裏同心志願は澄乃自らの考えです」

幹次郎の言葉を吟味するように聞いた麻は、

「神守幹次郎様の務めはだれにも代わりようがございません」

と言い切り、

「廓内の案内方を引き受けられましたか」

「四郎兵衛様の命もございますが、番方が澄乃の会所入りを得心しておりません。ためにそれがしに役目が」

「回ってきましたか。澄乃さんは廓をどう思われましたか」

「おそらく廓の外で聞いたのは吉原のごくごく一部でございましょう。羅生門河岸に連れていったとき、澄乃は吉原の現実に初めて直面したようで、言葉を失っておりました」

「当然でございましょう」

「それがし、麻様がこの天女池におられることを承知で澄乃を連れて参りました。澄乃の驚きは吉原の影と光、こう言うては局見世の女郎衆に失礼でしょうが、あえて地獄と極楽のふたつを見せました。澄乃の胸はただ今大いに混乱しておりましょうな」

「吉原に極楽がございましょうか。大見世の太夫であれ、局見世の女郎衆であれ、籠の鳥に違いはございますまい」

「麻様、そなたは廓の中にあって己の生き方を貫いておられます。加門麻様の心の中をだれも穢すことはおろか乱すこともできません」

麻がなにかを言いかけ、その言葉を胸の中に仕舞い込んだ。

「麻様も武家の出にございます。浪人とは申せ、武家の娘の十八の嶋村澄乃がなにを考えて、吉原会所勤めを願ったか、それがしにもよく摑めませぬ。麻様にはお分かりでしょうか」

「なにか格別な考えがあってのことと思われますか」

「母親は澄乃が九つの折りに亡くなったそうです。父と娘のふたり暮らしが長かったようで、独りになった娘の単なる思いつきとも思えます」

「四郎兵衛様が未だ神守様方にお話しになっていないことがございましょう。しばらくじっと様子をみられることです」

と加門麻が言い、野地蔵の前から天女池を回って桜の木の下に歩き出した。

「また桜の季節が巡ってきました。吉原で何度目に迎える花見にございましょう」

加門麻の呟きに幹次郎は答える術(すべ)を知らなかった。

「麻は、仲之町に一時植えられる桜よりこの実生(みしょう)から育った桜が好きです」

桜の花びらが静かに風に舞い落ちていた。

麻は掌(てのひら)に花びらを何枚か掬(すく)った。

少し離れた場所からその光景を見ていた幹次郎が先導するように蜘蛛道の入り口へと麻を誘(いざな)った。

蜘蛛道には人影もなく細い路地がうねうねと京町へと続いていた。

麻の手が幹次郎の背に触れた。

幹次郎は気づかぬふりをしてゆっくりと歩み続けた。

「幹どの」

麻は汀女が幹次郎を呼ぶときの呼び方を使った。

幹次郎は振り返らなかったが歩みを緩めた。

「私にとっておそらく最後の身請け話が三浦屋にもたらされております。四郎左衛門様も女将さんも受けたらどうだと申されております」

幹次郎は黙したままだった。身請け話を受けよとも受けないほうがよいとも言えなかった。

「伊勢亀半右衛門の大旦那様にございますか」

幹次郎は薄墨太夫の熱心な贔屓筋で、身請けを長年願ってきた札差の伊勢亀の名を出してみた。薄墨が落籍されるのは伊勢亀の妾としてだろう。だが、薄墨が吉原の外に出て幸せになるとしたら、この伊勢亀の大旦那しかあるまいと思っていた。

麻が幹次郎の心を読んだように言った。

「伊勢亀の大旦那様は病の床に臥せっておられます」

「伊勢亀の大旦那様がですか。存じませんでした」

吉原では伊勢亀半右衛門は上得意のひとりだった。その大旦那の病は吉原会所でも知らぬはずだ。

「大旦那様からひそかに文で知らされました。吉原では私しか知りますまい」

幹次郎はなんとなく伊勢亀半右衛門が重篤な病に罹っているのではないかと思った。

「それがし、見舞いに行ってはなりませぬか」

麻がしばし沈思し、

「神守幹次郎様お独りならば、大旦那様も見舞いを受けられるような気がします。加門麻の代理を務めてくれますか」

「承知致しました」

「こたびの身請け話、さる大身の旗本に関わるお方です。何度か客として登楼なされました。身請け金は三浦屋の言いなりに出すと豪語されたそうな」

こちらも側室としての身請けだという。

「幹どのに答えてもらうことは、無理な注文と加門麻は承知しております」

「薄墨太夫、失礼ながらお尋ねします。三浦屋に借財はいくらございますので」

しばし間があって、

「皆さんが考えられるほどの借財はありませぬ」

との言葉を聞いた幹次郎は黙って歩を進めた。

麻の手が幹次郎の背から下りて手を取り、足を止めた。

「お顔を」

と麻が願った。

幹次郎が振り向くと麻の顔が幹次郎に寄せられ、

「麻は吉原を離れませぬ、幹どのがこの廓にいるかぎり」

と言うと唇を幹次郎に寄せ、触れた。

幹次郎の頭に麻の香しい匂いが満ちたが、辛くも自制心を失わぬように堪えた。

麻の両腕が幹次郎の背中に回されて強く抱きしめられた。そして、ゆっくりと緩められ、腕がほどかれた。

一瞬の間であった。懐に文が残されていた。

「伊勢亀の大旦那様にお渡ししてくだされ」

加門麻が蜘蛛道で入れ替わって先に立った。

幹次郎も従った。

ひそやかな声がした。

「汀女先生は私が幹どのを誘惑するのであれば快く許します、と何度も申されました」

幹次郎も汀女の口から、

「幹どの、加門麻様の夢を叶えておあげなさい、一度なれば許します」

と言われたことがあった。

「それがしは姉様の亭主、それに吉原会所の陰の者にございます。役目は女郎衆を見守ること、さようなことができようはずもありませぬ」

「神守様は麻の命の恩人です。そのことを利用しようという輩ではありませぬ。そのようなお方に麻は惚れませぬ」

天明（てんめい）七年（一七八七）十一月九日未明に発生した火事で吉原が全焼した。加門麻が命の恩人と表したのは、その折り、焔（ほのお）の中に取り残された薄墨太夫を幹次郎が命を張って救い出したことからだ。

不意に仲之町の日差しの中にふたりは出ていた。

三浦屋のある京町一丁目は直ぐそこだった。

もはや光を浴びた女は加門麻から薄墨太夫へと変わっていた。毅然（きぜん）とした歩みで三浦屋へと向かった。

懐に文を預かった幹次郎はその場で見送った。すると京町一丁目に嶋村澄乃の姿が見えた。

麻の姿が仲之町から消え、澄乃が幹次郎のもとへとやってきた。

いつしか昼見世の刻限が終わろうとしていた。

「世間にはあのような美しい女性がおられるのですか」

「姿かたちだけではない。俳諧和歌漢詩を承知で、歌舞音曲をこなされる。この吉原で太夫と呼ばれる数少ない女子のひとりだ」

「驚きました」

澄乃は正直な気持ちを告げた。

幹次郎は吉原会所に向けて歩き出した。

伊勢亀の旦那が病床にあることを四郎兵衛や仙右衛門には黙っていたほうがよいように思われた。

加門麻だけに知らされた話だ。幹次郎独りで行うべき務めだと思った。

澄乃が肩を並べかけてきた。

植木屋たちは仲之町と角町の角まですでに桜の植樹を済ませていた。植えられた桜の根元には支えの竹棒や杉棒や縄が積んであった。手入れをする職人の姿もあった。

「ああ、畜生、居残りが逃げやがった!」

揚屋町の奥から叫び声が聞こえた。

幹次郎が振り向くと羽織袴の若い侍が必死の形相で仲之町へと走り込もうとしていた。大門から廓の外に逃げようとしているのだろう。

幹次郎は、行く手に立ち塞がろうとしたどこぞの楼の男衆を、若侍が刀を引き抜くと胴を撫で斬るのを見た。

「あっ」

と驚きの声を上げた澄乃が脇差に手を掛けた。

「見ておれ」

澄乃を制した幹次郎は、

「植木屋、竹棒を借り受ける」

と断わり、手ごろな青竹の棒を摑むと、走りくる若侍に立ち塞がった。

「邪魔立てするな、叩き斬るぞ!」

すでにひとりを斬った若侍は、錯乱していた。見開いた両目が、ぎらぎらと光っていた。

幹次郎は五尺(約百五十二センチ)ほどの青竹を構えた。桜の支え竹だ、先端は尖ってはいなかった。

一気に間合が詰まった。

若侍が片手に抜身を振り上げ、幹次郎に向かって闇雲に突っ込んできた。

間合を計った幹次郎の竹棒が突き出されて若侍の胸を突くのと、相手の抜身が肩に触れようとするのが同時に見えた。

だが、幹次郎の青竹の先端が一瞬だけ早く胸を突いて後ろへと飛ばして若侍を仲之町の角へと転がした。

手から抜身を飛ばした若侍は気絶したか、全く身動きしなかった。

「澄乃」

脇差の柄に手を掛けた澄乃は、体が固まったように竦んでいた。

「は、はい」

青竹を桜の木を植える職人に戻した幹次郎が、

「助かった」

と礼を述べ、澄乃に命じた。

「抜身を拾え」

幹次郎の命にようやく澄乃が動いて若侍が手から離した抜身の柄に手を掛けた。

「助かった、神守様」

住吉楼の男衆が青い顔で駆け寄った。

「三日も四日も居続けて呑み食いした末に逃げやがった。なにが旗本だ、納戸組頭の次男坊だ。ただの部屋住みじゃねえか」

男衆が身動きしない若侍を罵り続けた。

「この者に斬られたのは、朋輩か」

「いや、隣の楼の中郎の木平さんだ」

中郎とは掃除や雑用をなす男衆だ。

「番方、男衆がひとり斬られておる、そちらを見てくれぬか。この者は会所に連れていく」

「よし」

仙右衛門が言い、金次らを伴い、揚屋町へと駆け込んだ。

幹次郎は痩せた若侍の脇差と大刀の鞘を抜くと澄乃に渡し、襟首を摑んで引き起こすと肩へと抱え上げた。

歩き出すと澄乃が、

「このようなことは始終起こるのですか」

「毎日ではないが起こるな」

「ふうっ」

と息を澄乃が吐いた。

「一日であれこれ見ました」

「これが吉原の日常だ」

と言ったとき、待合ノ辻で村崎季光が待ち受けていた。

「侍のようだが、何者だ」

「村崎どのからそれがしにお話のあった居残りです。たしか納戸組頭の次男坊と申されませんでしたか」

「なに、住吉楼の居続けが逃げ出したか。たしか家禄は四百七十石だったな」

村崎の顔が思案していた。相手の屋敷から金が引き出せるかどうか考えているのだ。

「そちらにお任せ致しましょうか」

頭の中で思案する村崎季光が成算ありとみたか、

「よし、裏同心どの、面番所に運び込んでくれ」

と幹次郎に願った。

幹次郎は面番所に担ぎ込むと、土間ではなく板の間にぐったりとした痩せた体を下ろした。

「それではあとは宜しく」

「承知した」

澄乃が血に濡れた抜身と脇差と鞘を持っているのを見た幹次郎は、

「村崎どのにお渡し致せ」

と命じた。

「こやつ、だれかを斬ったのか」

「のようですな」

「それは困る」

「いえ、いったん武士が受け取ると承知されたことです。宜しく始末のほど願います」

と言い残すと面番所を出た。

三

中郎の木平の傷は帯の上から叩き斬られたので深傷(ふかで)ではなかった。それでも出血があったので、仙右衛門らがその場で血止めをして柴田相庵の診療所に運び込むことにした。

相庵と見習い医師菊田源次郎の手で縫合治療がなされ、念のために診療所で二、三日様子をみることになった。

そんな騒ぎが一段落すると夜見世の始まりが迫っていた。

遅い昼餉（ひるげ）となった。

澄乃は、小頭の長吉らと会所裏の板の間で食した。一方、幹次郎と仙右衛門は、四郎兵衛と奥座敷で騒ぎの経緯を話し合いながらいっしょに摂（と）った。

住吉楼の居残りの若侍は納戸組頭山村宜信（やまむらよしのぶ）の次男竹次郎（たけじろう）と分かった。

中見世の住吉楼の抱え女郎千代松のところにこの半年ほど通い、金払いもよかったという。

今回は四日前に登楼したという。

千代松が竹次郎の細面（ほそおもて）に惚れたせいか、あるいは旗本四百七十石の次男で、嫡子（ちゃくし）の体が弱いため、近々竹次郎が跡継ぎになるという言葉を信じたせいか、居続けを黙認していた。

その間に住吉楼では竹次郎に揚げ代を何度も要求した。

だが、竹次郎は言葉巧みにその要求をかわしていた。ふた晩目には山村家の中間が竹次郎を迎えに来たが追い返された。その中間も竹次郎が近々山村家の跡継ぎになると認めたので、楼ではなんとなく三晩の居続けを許してしまった。

そして、昼見世の最中、帳場に忍び込んだ竹次郎は、預けていた大小を摑み取ると、いきなり楼から飛び出していったのだ。

山村竹次郎の身柄は、幹次郎の判断で面番所に預けた。

村崎季光は、加賀金沢藩(かがかなざわ)の江戸藩邸近くの山村邸に使いを立て、次男竹次郎の不祥事を報告させた。だが、山村邸では、「竹次郎は故(ゆえ)あって勘当(かんどう)した身、吉原の面番所でいかようにも処罰して構わぬ」というつれない返答であったとか。

公儀の手前、金子で解決を図(はか)ると見ていた村崎季光は、会所に来て泣き言を並べた上、

「この一件、そちらで始末してくれぬか」

と願った。

だが、幹次郎と仙右衛門は、

「いったん面番所が引き受けられた事例、最後の始末までお願いします」

と突っぱねた。それでも村崎は、

「面番所と会所の仲ではないか、この手の始末は会所が手慣れておろう。頼む、竹次郎を渡すで、よきに計らってくれ」

と困惑顔で頼んだ。

「あやつに斬られた中郎の木平の治療代をどうするか、こちらはこちらで面倒を抱えております。どうか山村竹次郎の一件は、面番所でお願いします」

仙右衛門は押し通した。

村崎季光は情けない顔で幹次郎を見たが、幹次郎も知らぬ顔であった。

「吉原会所が町奉行所隠密廻りの監督下にあることを忘れたか」

村崎が居直った。

「一時たりとも忘れたことはございません。騒ぎはこれだけではない。わっしらは日夜廓内を走り回っています。手に負えぬようでしたら上役様に相談なされてはいかがです。ともかくこたびの一件はそちらで願います」

と番方が引導を渡した。

村崎季光の立場で上役の内与力に、

「かくかくでした」

とは相談できなかった。

村崎は旗本四百七十石の納戸組頭山村家に恩を売って、いささか謝礼を懐に入れるはずが、反対に難題を負ってしまったのだ。

村崎同心がすごすごと面番所に戻っていった。

「まあ、村崎様にはよい薬になりましょう。金になるかどうかしか考えておられませんからな。神守様の判断で居残りの身柄を最初にあちらに受け取らせたのは、正解にございました」

話を聞いた四郎兵衛は、にやりと笑って昼餉の折りに言ったものだ。

「七代目、もう一件の居残りは、この騒ぎで楼からの使いが客の店へと参り、強い調子でこっちも町奉行所に引き渡すと言ったもんですから、慌てて番頭が金を届けてきたそうです」

仙右衛門が報告した。

「まあ、大きな騒ぎにならずに済みました」

と応じた四郎兵衛が、

「見習い女裏同心は、どんな具合ですな」

と話柄を転じて幹次郎を見た。

幹次郎はざっと廓内を見せて回り、最後に天女池で野地蔵にお参りに来ていた薄墨太夫に引き合わせたことを報告した。むろん薄墨とのふたりでした問答は口にしなかった。

「吉原には表ばかりではございませんでな、裏もある。さあて、この辺りを澄乃がどう考えましたか」

「七代目、半日ほどで吉原は分かりっこありませんよ」

仙右衛門の言い方はいささか冷たかった。

「辛抱できそうですかな」

四郎兵衛が幹次郎に尋ねた。

「番方が言う通り吉原の一端をさらりと澄乃に見せただけです。なんとも申せません」

「当分は神守様が面倒みるしかありますまい」

と仙右衛門が言った。

暮れ六つ（午後六時）、廓内に清搔の三味線の調べが流れ、仲之町の桜並木を引手茶屋の軒下に吊るされた提灯の灯りが浮かび上がらせると、吉原が吉原らしい華やかな光景を取り戻した。

幹次郎と澄乃は、大門前に立ち、客の到来を見張っていた。

面番所はひっそりとして、村崎同心の姿は見えなかった。

澄乃は昼見世とはうって変わった、万灯の灯りに照らされた仲之町の華やぎや桜の美しさに目を奪われていた。このように狭い一角が夜な夜な白昼のように浮かび上がらされる場所は江戸といえども他にない。

澄乃が茫然とするはずだ。

待合ノ辻に客たちが屯してこの時節格別に植えられたばかりの桜を見上げていた。

仲之町の奥から、

ちゃりん

と鉄棒の輪が響き、定紋入りの箱提灯が見えた。

「なにが始まりますので」

澄乃が幹次郎に訊いた。

「花魁道中だ」

「花魁道中、ですか」

上気した顔を澄乃は幹次郎に向けた。

「遊女が妓楼を出て、仲之町の引手茶屋に出向くことを、旅に見立てて道中と吉原では称するのだ。その道中ができるのは遊女三千の中でも限られた花魁、太夫だけの特権なのだ」

「なんのための道中ですか」

「御免色里の吉原では、大見世の客はいきなり楼には上がらぬ。七軒茶屋をはじめとした馴染の引手茶屋にいったん入り、財布などをすべて茶屋に預けて迎えに来た遊女といっしょに楼に向かうのだ」

「妓楼ではお金の入用はないのですか」

「妓楼で遊び代や遊女たちの心づけを払うのは吉原では野暮なのだ。むろん中見世や小見世では、直に客を迎えるがな」

説明をどこまで理解しているかと幹次郎は澄乃を見た。

若い衆の箱提灯を先に立て、着飾った禿や新造や遣手を伴い、花魁の威勢を示す長柄傘を差しかけられ、黒塗り畳付きの高さ五寸（約十五センチ）余の下駄をあざやかに外八文字に回しながらゆったりとした動作で表通りに姿を見せたのは、薄墨太夫だった。

「ああー」

と澄乃が嘆声を漏らした。

「傘の下の花魁はだれですか」

「そなたが天女池で会った薄墨太夫だ」

「あの薄墨様が」

想像を超えた薄墨の変身ぶりに言葉もない澄乃だった。ふらふらと仲之町を進み、薄墨太夫の花魁道中を澄乃は近くで眺めている。

髪を立兵庫に結った薄墨太夫の道中は、引手茶屋、山口巴屋の店前で客待ちを始めた。

仲之町張りと称する太夫に許された特権だった。その傍らには人形のように化粧をして髷を結い、着飾った禿がふたり従っていた。

澄乃は陶然とした顔で薄墨を見ていた。

しばらくすると大門前に駕籠が着き、大店の主と思える客が薄墨に迎えられた。いったん茶屋に入った客を伴い、京町一丁目の三浦屋へと薄墨太夫の一行が戻っていった。

仲之町に虚脱したような空気が漂った。

だが、それも一瞬で次の太夫の花魁道中が姿を見せた。

花魁道中も仲之町張りも吉原の華であった。

「使いものになりませんぜ」

いつの間に幹次郎の傍らに来たか、仙右衛門が耳元で囁いた。

「番方、廓内で生まれ育った番方とは違うのだ。もう少し長い目で見てやれぬか。われらのときを思い出してくれ。澄乃とは違い年上であったし、夫婦者であった。そんなわれらが吉原に馴染んだのは何年も過ぎてのことだ。番方に言わせれば、まだ一人前の吉原者ではないかもしれぬがな」

幹次郎が笑いかけた。

「神守様と汀女先生とは比べようもございませんぜ。七代目は澄乃の亡くなった親父にそんなに義理があるのかね」

仙右衛門が首を捻った。

桜の季節とあってこの夜は吉原が一段と賑わいを見せていた。

幹次郎は、澄乃を連れて夜廻りをした。一変した吉原の賑わいに澄乃は圧倒されて口も利けないでいた。

五つ時分、ふたたび会所前に戻ってきたふたりを迎えた仙右衛門が、

「澄乃をそろそろ解放してはどうですね。疲れ切った顔をしていますぜ」

と幹次郎に言った。

「いえ、皆さんがおられるならば私も務めます」

と澄乃が応じたが、その声は弱々しく、明らかに初めての吉原に衝撃を受けた様子があった。

「澄乃、そなたが本気で会所勤めをすると気持ちを固めるにはしばらく日にちがかかる。よいか、吉原は江戸のどこにもない遊里なのだ、そう容易く素人娘が理解できるところではない。今日見聞きしたことを左兵衛長屋に戻って頭の中で整理せよ。それも仕事と思え」

「神守様はまだおられるのですか」

「それがしの心配よりそなたは皆の言うことを素直に聞くことを覚えよ。番方が戻ってよいと申されているのだ、有難く受け止めよ」

はい、と答えた澄乃だがなんとなく立ち去りがたい気持ちか、その場に立っていた。

「吉原は逃げはせぬ。明日も明後日も来年も再来年も吉原はこの地にあって日夜客を迎えるのだ。長い付き合いは最初が肝心だ」

と幹次郎が言い聞かせた。

「神守様、私が吉原会所で勤めるためにはまずなにをなすべきですか」

と澄乃が尋ねた。

「そなたは、番方にもそれがしにもなれぬ」

「女だからですか」

「それもあるが、それだけではない。そなたしかできぬことを奉公の中で見つけることだ。番方の真似をしたり、それがしを見習おうとしても越えられぬ。そなたしかできぬことはなにかを時間をかけて見出せ。さすれば吉原会所の一員になれよう」

「はい」

と答えた澄乃がふたりに一礼して大門を出ていった。

「神守様は優しいやね」

幹次郎が仙右衛門を見て、

「甘いと申されるか」

「いや、そうじゃねえ。わっしには澄乃の魂胆が分からないんで、あんな優しい言葉はかけられねえんです」

「番方、しっかりしているようでも十八の娘じゃぞ。本日、澄乃が見聞したことは十八年の間になかったことだ。この経験が澄乃をどう変えるか。われらのようにもはやこの地でしか生きていくところはないと覚悟を決めるには、だいぶ歳月を要すると思えぬか」

「で、ございましょうね」

仙右衛門が幹次郎の言葉に半ば得心したようなしないような返事をした。

四つ(午後十時)前のことだ。

吉原会所に揚屋町の住吉楼の番頭の喜之助が姿を見せた。

「隣楼の中郎を見舞ってきました」

と番方と幹次郎に言った。

怪我人を見舞うにしては遅い刻限だった。

「いえね、そのあと、納戸組頭の山村様の屋敷に掛け合いに行ったんですよ。居続けの代金を少しでもと思いましてね」

住吉楼の番頭喜之助は老練ながら、近ごろ判断が鈍いという噂が揚屋町界隈に流れていた。

「で、どうでした、喜之助さん」

「番方、だめでした。けんもほろろどころじゃない。散々脅されて追い出されました。竹次郎は山村家の主が外で産ませた子供でしてね。嫡男と用人のふたりに応対されましたがね、『当家では二年も前に勘当した、今では山村家とは一切関わりない』の一点張りで、『あのような男を居続けさせたそちらの判断が悪い』と逆に一杯くわされました」

喜之助がぼやいた。

「正直言って喜之助さん、女郎の言いなりになって居続けさせたのは住吉楼の怠慢だぜ」

「旦那から叱られ、客の実家では脅され、会所も頼りにできないか」

「喜之助さん、あの男はね、会所の預かりではない。面番所の村崎の旦那がうちで取り調べると言いなさって面番所の直の扱いだ。わっしらは、なんにも知らされていませんのさ」

「えっ、だってあいつをとっ捕まえたのは裏同心の神守様だろうが」

「立ち塞がった木平さんを斬って逃げようとした輩を神守様が捕まえたのはたしかだ。だが、最前言ったように面番所に手柄を強引に持っていかれたのだ。会所としては手の打ちようがないよ」

「嗚呼ー」

喜之助が甲高い声で悲鳴を上げ、

「村崎同心は金をせびることしか考えてない町役人だぜ。どうして渡したよ、神守様」

と文句をつけた。

「喜之助さん、裏同心の神守様が表立って町奉行所の隠密廻り同心を拒むことができるわけねえよ。こちらに身柄を渡せと言われれば、渡すしか手はあるまい」

「くそっ」

喜之助が罵り声を上げた。

「呑み食いを加えた揚げ代はいくらだね」

「あいつ、髪結まで上げてその金を楼につけていやがった。なにやかやで四両二分と三朱ですよ」

「斬られた隣の楼の中郎木平さんの治療の費えはどうするね」

「うち持ちかね、番方」

喜之助の声は段々と小さくなっていった。

「おまえさんの楼から逃げようとした客を捕まえようとして斬られたんだぜ。同じ揚屋町の楼同士だ、まあ、住吉楼持ちだな」

「嗚呼」

とこれは何度も上げた悲鳴の中で一番弱々しかった。

仙右衛門も幹次郎もどこからも金の出所はないと見た。結局、揚げ代と治療代は女郎千代松の借財に加えられることになろう。

「神守様、あいつが差していた刀はどうだ。金にはならないか」

「ちらりと見たが鈍ら刀だな。大小合わせて一分にもなるまい。もっとも南町奉行所が人を斬った証しとして押収していようから、刀屋に持ち込んで金にすることも叶うまい」

幹次郎が答えた。

住吉楼に四十年余りも奉公してきたという喜之助が悄然と会所を出ていった。おそらくこのしくじりで楼を辞めることになろうとふたりは思った。

「油断でしたな。十年前の喜之助さんなら、こんなへまはしなかったものだがな」

仙右衛門が呟いた。

この夜、幹次郎は四つの時鐘を聞いて大門を出た。

五十間道を上がりながら、明日には札差の伊勢亀の大旦那を見舞いに行こうと思った。ために四郎兵衛と仙右衛門に明日は昼までの外出を願っていた。ふたりは幹次郎が下谷の津島道場の稽古に行くとみて快く許した。

四

大門前には駕籠が何丁もいた。

吉原の夜は、町人相手に商う引け四つまでの一刻弱が勝負だった。お店を閉め、帳面を認め、商いと金銭の高を主に確かめさせて、慌てて夕餉を食し、着替えを済ませ、吉原に行くとなると、柳原から猪牙舟か辻駕籠を飛ばすしかない。

幹次郎は五十間道から衣紋坂を経て、見返り柳を右に土手八丁（日本堤）に出た。

引け四つには間があった。ゆえに土手八丁には吉原へ向かう駕籠や徒歩の客が数多く見られた。

幹次郎は、土手八丁から夜の闇の両岸に白く浮かぶ桜を見た。ふだんはそこに桜があるとは考えもしなかった。だが、この時節になると桜はその存在をおぼろに、だが、しっかりと人々に訴えた。

　幹次郎の頭に五七五が浮かんだ。

　山谷堀　あちらこちらに　桜かな

　まるで見たままの光景を詠んだだけだ。

　その瞬間、幹次郎は五体を刺すような視線を感じた。

　吉原会所に勤め始めて幾十度（いくそたび）となく感じた視線だ。その視線は遠くからのように思えた。胸騒ぎもしなかった。ならば放っておくまでだ。

　幹次郎はゆったりとした歩調で土手八丁を歩きながら、編笠（あみがさ）茶屋が並ぶ背後にある左兵衛長屋に二夜目を独り過ごす嶋村澄乃のことを思った。

　澄乃が吉原会所に勤め続けることができるかどうか、未知数だと思った。しっかり者とはいえ、十八の娘だ。今日一日で見聞したことは澄乃がこれまで経験してきた十数年に匹敵するはずだ。いや、それ以上の驚きやおぞましさや感激であったろう。

（それにしてもなぜ女裏同心を志そうなどと考えたか）

本気であることは間違いあるまい。澄乃の本気を感じたからこそ、髪結のおりゅうは澄乃の髪を切りつめ、長屋の女衆も男風の茶筅髷と身形に替える手伝いをしたのだろう。

おりゅうとて長い間、吉原で生きてきた髪結だ。娘の気持ちが本気かそうでないかくらいは感じ取っているのだ。

(まあ、しばらく様子をみるしかあるまい)

と思った。

思案しながら足を運ぶ幹次郎と吉原に乗りつける駕籠が擦れ違った。駕籠にはお店の番頭風の男が乗っていた。男はただ馴染の遊女の顔か、体しか考えてない一途の表情だった。

見るとはなしに観察する技を覚えたのは吉原会所に奉公するようになってからのことだ。それだけ吉原と会所勤めに馴染んだということであろうか。

幹次郎はそんなことを考えながら浅草田町一丁目と浅草山川町(やまかわちょう)の間の道へと曲がった。

柘榴の家はこの道に面してあった。

南側は浅草寺寺中の吉祥院(きっしょういん)と接していた。

門前に辿りつく前に幹次郎は五感を働かせて、

「監視の眼」

を確かめた。

消えていた。だが、勘違いでないことは長年の経験が承知していた。

柿葺き(こけらぶき)の門は閉ざしてあったが、閂(かんぬき)は下ろしていなかった。

幹次郎が門を潜ると、幅一間(約一・八メートル)の石畳と、左右には乙女笹(おとめざさ)の植えられた引き込み道にある石の雪洞(ぼんぼり)に火が入っていた。だが、寺側の雪洞が消えていた。それはすでに汀女が戻っているという標(しるし)だった。

幹次郎は残りふたつの小さな石の雪洞の灯りを消しながら玄関へと向かった。するとと黒介が幹次郎の帰りに気づいたか、みゃうみゃうと鳴く声がした。

玄関の障子戸の向こうに灯りが点った。

「ただ今戻った」

と声をかけた幹次郎は、枝折戸(しおりど)越しに庭を見た。

この行為は柘榴の家に引っ越してきて以来の習慣だ。

柘榴の木は葉を落としたまま、未だ去年の実をひとつ枝に残しているのが月明かりで確かめられた。

障子戸を開けると汀女と黒介が迎えてくれた。

「姉様、戻っておったか」

「料理人頭の重吉さんと正三郎さんが、後片づけは引き受けましたからと言ってくれましたのでつい先ほど戻りました」

料理茶屋山口巴屋は、七つ半（午後五時）から五つまでが店開きの時間で、およそが馴染の上客だ。だが、どうしても客が帰るまでには半刻は延びる。

「花見の季節だ、客も多かったであろう」

と幹次郎は問いながら腰の大小を抜いて汀女に渡した。そして、雨戸を閉めて落としザルをかけ、障子戸を閉めた。

「座敷はお客様で一杯でしたが、皆様方遊びを心得たお客様ばかりです」

と汀女が答えたとき、幹次郎は思いついて尋ねた。

「最近、札差の伊勢亀半右衛門の旦那様はお見えになられたか」

「そういえば、三月以上もご無沙汰ですね」

と汀女が答え、幹次郎は囲炉裏端に行く前に着替えのために座敷に入った。

あとに従った汀女が刀掛けに和泉守藤原兼定と脇差を戻し、外着を脱いだ幹次郎の肩に家着を着せかけた。黒介は迎えは済んだと思ったか、台所に戻っていた。

「なんぞ伊勢亀の大旦那様のことで気がかりがございますか」

「いや、なにもない」

と幹次郎は答え、話柄を変えた。

「本日、天女池で加門麻様とお会いした。澄乃が羅生門河岸を見て気が動転しておるようでな、天女池に連れていって引き合わせたのだ」

「澄乃さんは麻様と同じ武家の出でございますからね」

「澄乃はあの形だ、麻様は直ぐに武士の娘と分かられた」

「昨日と同じ身形でしたか」

左兵衛長屋のおりゅうらが、澄乃が吉原会所に勤めることを知って髪型や身形を整え直してくれたことを幹次郎は話した。

「おや、なんとも思い切ったことを澄乃さんはなさいましたね」

「自分の気持ちをかたちにしたかったのであろう」

と答えた幹次郎は、

「澄乃は羅生門河岸で受けた衝撃とは別の意味で加門麻様の気品と美しさに言葉もないほどでな、夜見世が始まると、薄墨太夫の花魁道中を食い入るように見ておった」

「薄墨太夫は女をも虜にしますからね」

と言った汀女が、

「澄乃さんの話と伊勢亀の大旦那様とはなんぞ関わりがございますので」

「なにもない」

と幹次郎は応じた。


翌朝、庭で木刀での素振りをしたり、眼志流居合術を使ったりして一刻ほど汗を流した幹次郎は聖天横町の湯屋に行き、体を清めた。

戻って朝餉のあと、汀女の仕度していた小紋の小袖と春らしい若草色の羽織と袴を身につけ、大小を玄関先で差すと、おあきが差し出した編笠を手にして敷居を跨いだ。

黒介は庭で日向ぼっこをしていた。

「黒介、行って参る」

と声をかけたが黒介は知らぬふりだ。

「この家の主はそなたのようだな」

と呟いた幹次郎は汀女とおあきに頷いて、柘榴の家を出た。

門前で編笠を被った。面体を隠すためだ。

幹次郎は浅草寺寺中の寺が並ぶ通りを随身門へと向かい、やはり寺中の不動勝蔵院で鉤の手に曲がって花川戸町に出た。

あとはひたすら南へと浅草御蔵前通りを進んだ。

札差は、言うまでもなく旗本・御家人に公儀から支給される蔵米を換金するのが本来の務めだった。だが、時代が進むと蔵米を担保に金融に乗り出し、江戸の商人の中でも大金持ちが多く、札差の大半が分限者として知られていた。その中でも別格が伊勢亀だった。

札差は浅草御蔵前通り界隈に店を構えていたが、その数は百九人であった。その札差の頭領が筆頭行司の伊勢亀半右衛門だ。

すでに札差伊勢亀は代を嫡男の千太郎に譲っていた。だが、海千山千の札差連を千太郎がまとめるのはいささか荷が重いと思ってか、それに、幕府からの棄捐令に対応できる人がいないとして他の札差から慰留されたこともあってか、半右衛門が筆頭行司を未だ務めていた。

伊勢亀の客筋は大身旗本ばかりだが、大半が何年も先まで蔵米を先取りして、伊勢亀には頭が上がらなかった。

伊勢亀の財産は江戸でも一、二を争うと噂には聞いたことがあったが、四郎兵衛でさえその額は見当もつかないといつか話したことがあった。

幹次郎が幕府の御米蔵が並ぶ中ほどの天王橋傍にある伊勢亀の門前に立ったのは四つの刻限だった。

店は浅草御蔵前片町と浅草天王町の間を流れる堀に接して、角地を占めていた。総二階の白漆喰の建物は数ある札差の中でも堂々とした威風を誇っていた。

幹次郎は、編笠のまま伊勢亀の敷居を跨いだ。

広い店にいる奉公人が一斉に幹次郎を見た。

店の間口は三十間（約五十五メートル）ほどか、板の間の奥に壁を背にして帳場格子があり、その中に座る大番頭と思われる人物が幹次郎を見ていた。

幹次郎は編笠の紐に片手を掛けて、

「大番頭どのにござるか」

と声をかけた。

「はい。私が伊勢亀の大番頭吉蔵にございますが、お手前様は」

と尋ね返す大番頭に幹次郎は、編笠の縁に手を掛けて上げ、顔が見えるようにした。

「おまえ様は、会所の」

吉蔵の問いに幹次郎は黙したまま頷いた。

「大番頭どの、それがし、文使いに参った」

その言葉をしばらく考えていた吉蔵が、

「しばらくお待ちくだされ」

と願うと自ら奥へと姿を消した。

幹次郎はふたたび編笠で顔を隠して待った。

大番頭はさほど幹次郎を待たせることなく、草履を履いて幹次郎を表に案内した。

新堀川へと幹次郎を案内すると西側に格子戸があって、その奥に伊勢亀の式台のある内玄関があった。

編笠を脱ぐと式台の端に置いた。先祖が戦場から相手の騎馬武者を倒した証しに奪ってきたと伝えられる無銘の長剣を外すと右手に持った。

「お邪魔致す」

幅一間二尺(約二・四メートル)はありそうな廊下を進むと、造り込んだ中庭があった。泉水や滝がある庭は、三、四百坪はありそうだ。その庭をぐるりと回り廊下が取り巻いていた。これほどの豪商がいるのだ。

（江戸は広い）

と幹次郎はつくづく感じた。

伊勢亀の身内が暮らす奥座敷に幹次郎は案内された。

半右衛門の病間かと思った。

「こちらにございます」

と大番頭の吉蔵に教えられた座敷には、文机の周りに大福帳などを積んだ三十過ぎと見える人物がいた。半右衛門と風貌が似ているところから、当代の主千太郎だろうと思った。

幹次郎は廊下に座すと、刀を置き、

「伊勢亀の主どのにございますか」

「いかにも伊勢亀八代目の千太郎にございます、神守幹次郎様」

と相手は幹次郎の姓名を呼んだ。

「主どの、それがし、文を預かって参りました。されど当代様ではのうてご隠居の半右衛門様に宛てたものでござる」

幹次郎の問いに頷いた千太郎が、

「大番頭さん、店へ」

と吉蔵を店へと戻した。

「神守様、そこでは遠うございます、座敷にお入りください」

千太郎の言葉に頷いた幹次郎は、

「お邪魔致す」

と座敷に上がった。

「そなた様の噂は何十遍と聞かされたか。また何度かそなた様の仕事ぶりを見たこともございます」

「気がつきませんでした。それがしは陰の身分、表に立つようなことはございませぬ。主どのに見られたとしたら不覚の至りです。身分が身分ゆえ伊勢亀様のような大商人の店と住まいを訪ねるのは初めて。恐縮至極にございます」

「吉原はそなたらを得てどれほど助けられたか、私もただ今分かりました」

千太郎が笑みの顔で言った。

「いえ、それは違います。われら夫婦が吉原に救われたのでございます」

「そう聞いておきましょうかな」

と応じる千太郎が、

「薄墨太夫の文を預かってこられましたか」

と尋ねた。

「はい」

「親父はただ今仕事にて江戸を離れております」

千太郎の返答は予測されたものだった。

「では、お会いできませんか」

幹次郎の問いに千太郎が沈黙した。

「神守様はご存じのようだ」

と千太郎がぼそりと言った。

幹次郎は答えない。

「親父があるとき、こう言いました。商いのことで、あるいは私事で身を窮したと思ったとき、神守幹次郎様に正直に事態を告げて相談するようにと」

「伊勢亀半右衛門様はそれがしを買い被っておられます」

「いえ、親父の言葉に間違いはないようです」

確信したように答えた千太郎が、

「親父が江戸を離れているというのは虚言ではございません」

と言い足した。

「神守様、親父が病に臥せっていることを承知で薄墨太夫の文使いをなさっておられる」

「ご迷惑でございましたか」

「いえ、ただ今の親父が会いたいと思う人は限られておりましょうな。そのひとりが神守幹次郎様」

「滅相もございません」

「真です。親父に会うてくれますか」

千太郎が幹次郎の顔を正視して願った。

「いかなる地にも伺います」

「仕度させます。しばしお待ちください」

と千太郎が言い、立ち上がった。

幹次郎は思わず、ふうっと息を吐き、滝の傍らに枝を差しかける桜に視線をやった。

第三章　病の人

一

天王橋が架かる新堀川に舫われた一艘の小さな屋根船に、幹次郎は大番頭の吉蔵に案内され乗り込んだ。すでにひとりの人物がいた。なんと案内役は当代の伊勢亀主人の千太郎であった。

それだけ半右衛門の病気は浅草御蔵前通りの札差仲間にも、あるいは奉公人にも極秘のことなのだと改めて幹次郎は思い知らされた。

ふたりだけが乗った屋根船は、天王橋下を潜るために屋根の高さを低くした新造船だった。

船頭は前後にひとりずつついた。

細身の船は、半右衛門が療養する別邸などへの連絡用に、あるいは医師を送り迎えするために造られたものだろう。

幹次郎はそんなことを考えた。

天王橋を潜った船は八番蔵の南側を抜けて大川（隅田川）に出た。

屋根船は舳先を上流へと向けた。

船頭は棹から櫓に替えた。

千太郎が幹次郎を見て、

「田沼様が亡くなられたあとでございましたな。香取屋が札差仲間を募って親父に対抗する分派を作ったとき、神守様には一方ならぬお世話になりました。あのとき以来、親父は札差仲間に決して心を許しておりません。力を持った者が現われると、そちらに靡くのは人の世の常なのですがね」

千太郎が苦笑いし、

「半右衛門様は未だ筆頭行司を務めておいでですか」

と幹次郎が問うた。

しばし千太郎の答えには間があった。

「親父は筆頭行司を退くべき時期を逸しました」

幹次郎は半右衛門の病状について問おうとはせず、千太郎もまたその話柄に触れようとはしなかった。

屋根船は二人櫓になって上流へとかなりの船足で進んでいた。

「ただ今では、だれにその役職を譲るべきか日々迷っておりましょう。親父がいなくとも世間は回りますし、商いも続きます。むろん栄枯盛衰は世の習いですけどね」

「千太郎どのが就かれる心積もりはございませんか」

幹次郎は、迷った末に同年配と思える伊勢亀八代目をこう呼んだ。

「札差はご存じのように百九株ですが、一筋縄ではいかぬ連中ばかりです。親父が病に臥せっていると知ったら、たちまち第二第三の香取屋が出てきましょうな。ただ、今の私では正直荷が重過ぎますし、伊勢亀の商いを守るだけで手いっぱいです。私には親父の度量も才もありません」

千太郎の言葉は謙虚であり正直だった。

幹次郎はその言葉を聞いただけでも、八代目はなかなかの人物と判断し、

「それがしは商いのことは分かりませぬ。ですが、半右衛門様が倅のそなた様に実権を譲られた。ということはそれだけの力を認められてのことではございませ

んか」

と問うてみた。

「私が親父から店を譲られたのは五年前でした」

「以後、半右衛門様がそなた様のやり方に異を唱えられたり、口を挟まれたりしたことがございましたか」

幹次郎の問いに千太郎はしばらく沈黙していたが、

「それはございません」

と静かに言った。

「それご覧なされ。千太郎どのはもはや十分に伊勢亀の大身上を守っていく力があると認めておられるのです」

幹次郎の言葉に千太郎は黙したままだった。

ほぼ同じ年齢ながら、全く違う立場で生きるふたりは、初めてと思えぬくらい打ち解けていた。それをさせたのは半右衛門の病だった。

「千太郎どの、お尋ねしてようございますか」

「神守様は親父にとって格別なお方です。どのようなことでもお訊きください」

「薄墨太夫のことを伊勢亀では、どう思うておられますので」

幹次郎は、半右衛門が薄墨太夫の数少ない馴染客であることを知っていた。

薄墨も半右衛門を信頼し、半右衛門も薄墨の人柄と見識（けんしき）を高く買っていた。ゆえに高い遊び代を三浦屋に払い、薄墨を紅葉狩り（もみじがり）に連れ出したこともあった。つい最近では、なんと幹次郎と汀女の住む柘榴の家に半日遊びに行かせることまで三浦屋に認めさせた。

伊勢亀半右衛門の人柄と財力があるからこそできることだった。

「若いころの親父は仕事もばりばりとこなしましたが、遊びも人一倍でございましてな、お袋はなにも口出しできませんでした。その親父が吉原から遊女を落籍しようとしていたのがただひとり、薄墨太夫です。うちの財力なれば妾をひとり囲うくらいなんでもございますまい。だが、薄墨は首を縦に振らなかった」

と千太郎が言った。

「親父の力をもってして、うんと言わせられなかった女子は、薄墨太夫ひとりでございましょう。薄墨太夫には、なにか心に秘めた想いがあるのでございましょうな」

千太郎の言葉を幹次郎は複雑な想いで聞いた。そこで話柄を元へと戻した。

「半右衛門様と薄墨太夫は、古い付き合いにございましょうか」

「神守様もご存じございませんか」

千太郎の反問に幹次郎は首を横に振った。

「親父は店の外のことを倅の私に話すような人ではございませんでした。私が堅物に育ったのは親父の途方もない仕事ぶりと遊びゆえでございましょう。その親父が数年前からふたりの名をしばしば口にするようになった」

「おひとりは薄墨太夫ですね」

と応じた幹次郎は千太郎を凝視して質し、

「はい」

と答えた千太郎は、屋根船の中の狭い空間に目を彷徨わせた。

なにかを考えている様子だった。

屋根船はどこら付近を遡上しているのか、障子に囲まれて幹次郎には分からなかった。

ただ、船頭の腕前がいいことだけは分かった。船幅の狭い造りの屋根船は上流に向かうにも拘わらず、横揺れすることなくそれなりの船足を保って遡上していた。

「親父は薄墨が禿として吉原に入った折りから承知であったと思います。いえ、いくら堅物の私とて、吉原の大門を潜らないわけではございません。ですが、親父の名を出して遊んだことはございません。それほど親父の名は知られており、倅の私にとって腹立たしくなるほど邪魔な存在でした。神守様、この気持ち、お分かりになりますか」

千太郎は正直だった。

「察しはつきます」

幹次郎も素直に答えた。

「親父は薄墨の突き出しの相手でした」

はっ、と幹次郎が驚きを顔に表わした。すると千太郎が笑みを浮かべた顔で、

「吉原会所の凄腕の裏同心も知らぬことがございましたか」

と言ったものだ。

突き出しとは禿から新造に昇進した遊女が初めての客を取ることだ。薄墨の最初の客が、男が、伊勢亀半右衛門というのだ。考えてみれば当然のことだろう。伊勢亀ほどの財力と気風(きっぷ)のある旦那は、吉原でも数えるほどしかいまい。だが、伊勢亀は薄墨が太夫に昇(のぼ)りつめた今も、

「旦那面(づら)」

を見せるようなことはなかった。

「親父は薄墨のことを格別に思っていたのです。ゆえに吉原の花を手折って妾にしようとした。ですが、親父はその意を通すことはできなかった」

千太郎は苦笑いした。

「それがしが見るかぎり、伊勢亀の大旦那様と薄墨太夫の絆は客と遊女の間柄を超えたものでした」

「それは親父が歳を取ったせいか、あるいはどなたかの存在があってのことか。どう思われますか、神守様」

若くとも伊勢亀の主を務める千太郎だ、ただ者ではないと思った。親父の半右衛門のことを冷静に見ていた。

「それがしは、吉原の遊女衆を見守り、ときに嫌な思いをさせる役目を負わされた裏同心にございます。大旦那様と太夫、互いが通わす人情の機微を察する才はございません」

「吉原会所は得難い人材を、神守夫婦を得られたと親父が常々言っております」

千太郎が最前口にしたと同じ言葉を繰り返した。

「われらこそ吉原に救われたのです」

うむ、と頷いた千太郎が、

「三年前でしたか、吉原を全焼させた火事がございましたな。あの折り、三浦屋に取り残された薄墨太夫を神守様は命がけで助け出された。それればかりか、それを阻もうとする悪党を片手斬りで制せられた。私は、あの火事の現場におりました」

「なんとあの火事を見ておられましたか」

「仲間と別の楼に上がっておりましてな、仲之町に薄墨太夫を負ぶって姿を見せられた神守様の鬼気迫る姿を忘れることは決してございません。火事よりも神守様の潔い仕事ぶりに私は金縛りに遭いました。そのことを私は親父に伝えたのです」

「知りませんでした」

「親父の口から神守様の名が繁く出るようになったのはその日からしばらくしてのことでございましょう」

「それが務めです」

「そう聞いておきましょうか」

千太郎が障子を開けた。

もはや人に見られることはないと思ったからだろう。

障子の向こうに浅草寺の甍が見えたと思った。吉原が、山谷堀の向こうにある景色が幹次郎の頭に浮かんだ。そして、見習いの澄乃はどうしておるかと、気になった。

だが、今はこの面会に専念すべきと思い直した。

屋根船は、鐘ヶ淵へと遡上すると、隅田川という呼称が荒川へと変わる辺り、新綾瀬川へと入っていった。そして、新綾瀬川から二丁（約二百十八メートル）も上がった南側の土手に開けられた暗渠へと入った。

幹次郎は、どうやら伊勢亀半右衛門の療養する別邸は、隅田村にあるのかと暗く変わった水路の中で考えた。

暗渠は十数間（二、三十メートル）ほどか。幅は三間（約五・五メートル）あって船が擦れ違えるようにできていた。

「六代目の爺様が鄙びた水辺が好きで、この隅田村に遊び家を設けたのですよ。いえ、客を呼ぶつもりはなく、この界隈の池や川で日がな一日釣りをしたり、碁盤を前に思案したりするのが好きな爺様でした。

こたび親父が病に倒れたとき、札差の仲間や御蔵前界隈の住人が知らないこの爺様の遊び家を療治の場にしようと親父とふたりで話し合って決めたのです」

屋根船が暗渠を抜けた。すると瓢箪のかたちをした池が広がった。

この池、土地ではいろいろな名で呼ばれた。

この池の奥に毘沙門天多聞寺があるので多聞寺池、白鳥が渡来するので白鳥池、大きな池ゆえ大池、また荒神池、丹頂池とも呼ばれていた。

伊勢亀の遊び家は多聞寺池の東側の岸辺、小高い丘の森になったところにあるらしく、池から水路が延びて一丁（約百九メートル）も進むと船着場が見えた。

この船着場は伊勢亀専用のようであった。

小高い丘へと段々の坂道が緩やかに延びていた。

船が着いた気配に老人が下りてきて、船頭に声をかけた。

助船頭が障子を開いて、

「千太郎様でしたか」

と年寄りが不意に訪れた八代目の伊勢亀主人に驚きの顔を見せた。

いつもは使いが来て、身内のだれだれが来ると知らせがあった上で半右衛門と会うのであろうか。

「客人を連れてきた」

千太郎の言葉に年寄りが驚きの顔をした。家の者以外、だれもこの別邸を訪ねることは許されていないのか。

幹次郎は千太郎に続いて屋根船から船着場に下りた。先に船着場に移っていた千太郎が、

「爺様がこの遊び家を丹頂庵と名づけました。まさか丹頂庵がかようなことで役に立つとは思いもしませんでした」

と言うと船着場から段々伝いに丹頂庵へと上がっていった。

丹頂庵の留守番を務める年寄りは、屋根船に載せてきた魚、野菜など食べものを船頭から受け取っていた。

幹次郎も石段を上がった。

池の水面から丹頂庵まで二十間（約三十六メートル）ほどの高さか。

石段の上の前庭には砂利が敷かれ、苔が生えた檜皮葺きの屋根の門は鄙びた風情を見せて、軒下に、

「丹頂庵」

と古びた庵の名が認められていた。そして、桜の老木が三分咲きを見せて門の屋根に枝を差しかけていた。

江戸より幾分寒いのであろうか。

丹頂庵の敷地の周りは低い石垣の上に建仁寺垣が巡らされて、過ぎ去った歳月が垣根にも風情を授けていた。

門を潜る前に多聞寺池と新綾瀬川が荒川から隅田川と名を変える辺りに流れ込む景色を振り返って幹次郎は確かめた。

「おお」

と思わず幹次郎が歓声を漏らすほどの雄大な景色が広がっていた。

戸田河岸から流れてきた荒川は、東から南へと大きく流れを変えた。

その光景が丹頂庵のある小高い丘から一望された。さらに遠くに浅草寺の大屋根と吉原が微かに見えた。伊勢亀一族が巨万の富を築き上げた浅草御蔵前通りの一部もなんとか見えた。

「これはなんともいえぬ眺望にございますな」

幹次郎は千太郎に話しかけ、千太郎が門下で幹次郎を待つ様子に、

「相すまぬことをしました。お待たせ致すべきときではございませんでした」

と詫びた。

「親父は、逃げは致しませんでな」

との千太郎の言葉に急に幹次郎は不安を感じた。

伊勢亀では半右衛門の病を極秘にしていた。

いくら薄墨太夫の頼みとはいえ文使いをなし、千太郎に勧められるままに半右衛門の療治の場へ連れてこられた。だが、吉原会所の裏同心としては僭越な行動ではなかったか。

「ご病人にそれがしの訪いは、迷惑ではございますまいか」

「神守様、ただ今の親父が心を許す御仁がいるとしたら神守様と薄墨太夫のおふたりだけです。されど太夫は籠の鳥、親父も薄墨の見舞いは許しますまい」

と千太郎が言い切った。

「それがしならば、ようございますか」

「間違いなく」

と答えた千太郎が、

「今更神守様に申し上げる要もございませんが、このことしばらく神守様おひとりの胸に仕舞っておいてくださいませぬか」

「承知致しました」

ふたりはようやく門を潜り、飛び石伝いに玄関へと向かった。

大きな茅葺き屋根の曲り家だった。

敷地は建仁寺垣に囲まれただけでも二千坪は超えていよう。

玄関も広々として式台があった。

なんのためか、供待ち部屋があった。そして、人の気配がした。

幹次郎の表情を読んだように千太郎が、

「医師方が控えの間に使っております」

千太郎の声を聞いたか、医師と思われる人物が顔を覗かせた。

「蘭方医にして御典医桂川甫周先生の高弟、井戸川利拓様です」

と神守幹次郎に千太郎が紹介した。

将軍家の御典医を務める桂川家の四代目の甫周国瑞の高弟を常駐させるとはさすがに伊勢亀だった。同時にこのことは半右衛門の病が重篤であることを示していないか、幹次郎はあれこれと思いながら、

「神守と申します」

とだけ名乗った。

「井戸川先生、親父の様子はどうです」

「本日はいつもよりご機嫌が宜しいかと存じます」

「いつも不快な思いをさせております。病人の我儘と許してください」

千太郎が詫びた。

「いえ、医師の仕事のひとつが病人の我儘に付き合うことです」

井戸川が真面目な顔で応じた。

「神守様、参りましょうか」

「千太郎どの、半右衛門様にお断わりしなくとも宜しゅうございますか」

「最前から何度も親父が心を許す人は、身内以外にたったふたりと申し上げましたよ」

と言うと千太郎がずかずかと玄関を上がり廊下を歩き出した。

二

伊勢亀半右衛門は、春の日差しが穏やかに降る庭が眺められる座敷で寝ていた。

庭越しに遠く江戸が、自らが束ねた浅草御蔵前通りが見えるはずの病間だった。

だが、臥せっている半右衛門にはその江戸も、御蔵前も見ることができなかった。

「親父」

と千太郎が廊下から呼んだ。

わずかに顔が動き、声のほうを見た。

幹次郎は覚悟していた。だが、これほどまでに相貌が衰えたとは、夢にも想像していなかった。

頬がこけ、目に力がなかった。まるで別人だった。

幹次郎が知る張りのあるいなせな風貌がわずかの歳月のうちに消えていた。

隣座敷に医師が控えている気配がした。

「親父への文を携えた御仁をお連れしてきた」

「うむ」

と弱々しい返事をして千太郎の後ろに立つ神守幹次郎を半右衛門が見た。そして、幹次郎を認めて微笑んだ。

「伊勢亀の大旦那様、薄墨太夫の文を持参致しました」

半右衛門が頷いた。そして、こちらに来いという眼差しを見せた。

幹次郎が千太郎を見ると、頷いた。

手にしていた刀を座敷の隅に置くと半右衛門の顔の傍に正座した。すると病人の体から薬の臭いといっしょに死の臭いが漂ってきた。

「神守様、病ってのは不意に襲ってくるんですね」

と半右衛門が力のない、ゆっくりとした口調で言った。

「昨日、薄墨太夫に知らされました」

うむうむ、と半右衛門が頷いた。

「医師によると五臓すべてに悪性の病が宿っているらしい。蘭方の医師でもここまで広がると手の打ちようがないそうな。もう半右衛門は終わりです」

淡々と告げる言葉に幹次郎は答える術がなかった。

懐に大事に入れてきた薄墨の文を出すと、半右衛門へと差し出した。

「そこへ置いてくだされ、加減のよい折りに読みます」

千太郎が医師の控え部屋に行き、なにごとか告げた。すると隣座敷から人の気配がいったん消えた。

病間に半右衛門と幹次郎だけが残された。

「大旦那様、なんぞそれがしにできることがござろうか」

「神守様、願おう」

「なんなりと」

しばし息を整えるために半右衛門が沈黙した。

幹次郎は気長に待った。

「神守様、わしが死んだ折り、御蔵前に騒ぎが必ず起こる。伊勢亀に災難が降りかかるようなれば、千太郎を助けて動いてくれませぬか」

「承知致しました」

半右衛門の頼みは直截で幹次郎は即座に答えていた。

「安心致しました」

半右衛門が応じて安堵の様子を見せた。

「わしは身を退くべき時期を失してしまった」

札差百九株を束ねる筆頭行司の役を辞す機会を逃したと言っているのだと、幹次郎は思った。

「千太郎どのの命に従えば、ようございますか」

「文をな、そなたに預けよう。ひとつは薄墨へ、もうひとつはそなた、神守幹次郎様へだ。ただし、そなたへの書状はわしが死んだのちに披いてほしい」

「薄墨太夫への文は本日にも渡してようございますか」

半右衛門が頷いた。

「それがしの文にはなすべきことが認めてございますか」

半右衛門の視線が文机にいった。その上に文箱があった。

「文箱の文をただ今預かって宜しゅうございますか」

幹次郎の問いに半右衛門が頷いた。

幹次郎は畳を静かに膝行すると文箱に視線を落とした。桜の花が描かれた蒔絵があった。幹次郎は蒔絵の桜と庭の三分咲きの桜を重ねて見た。

「わしが最後に見る桜ですよ」

と半右衛門の弱々しい言葉が幹次郎の背中から伝わってきた。

「大旦那様」

幹次郎は思わず声を詰まらせた。

「人はだれしも死ぬ。まさかかようなかたちで病魔が襲いくるとは考えもしなかった」

幹次郎は答えられなかった。

文箱の蓋を開けると神守幹次郎に宛てた分厚い書状と、薄墨太夫には宛名書きのない書状の二通があった。元気なうちに認めたのだろう、書跡はしっかりとしていた。

「お預かりします」

くるりと振り向いた幹次郎は、二通の文を受け取ったことを示して両手を恭(うやうや)しく差し上げて半右衛門に見せた。すると微かに頷いた。

「千太郎どのは承知でござろうか」

「承知しております」

隣座敷から千太郎が答えた。いつの間に戻ってきたのか、千太郎がそこにいた。

「ただし内容までは存じません」

千太郎が笑みの顔で答えた。

「大旦那様、それがしに宛てられた文を披くときがくるのが、できるだけ先であることを願うております」

「神守様、そりゃ無理だ。長くてひと月、いや、半月もてばよい。伊勢亀半右衛門、桜吹雪といっしょに旅立ちますよ」

幹次郎はふと思いついた。

「大旦那様、薄墨太夫をこちらに伴(ともの)うてはなりませぬか」

三浦屋四郎左衛門に、伊勢亀半右衛門の名を出して願えば必ず無理は聞いてもらえると思った。千太郎も許してくれようと思った。

半右衛門が笑った。

「神守様ならそう言うと思った。ですがね、薄墨を泣かせることもありますまい。この世での楽しかった諸々の出会いや話を思い出しながら旅立ちますよ」

医師といっしょに千太郎が病間に入ってきた。

「伊勢亀の大旦那様、それがしが時折りこちらに参ることも叶いませぬか」

幹次郎はさらに願ってみた。

「神守様が病人の話し相手になってくれますか」

半右衛門が嬉しそうに幹次郎に笑みを浮かべた顔を見せて、千太郎に頷きかけた。

「いつなりとも神守様の船を仕度させます」

千太郎が幹次郎に答えていた。

「次の機会は泊まりがけでお邪魔します」

「最後の楽しみができた」

半右衛門が安堵の笑みを浮かべ、医師が半右衛門の脈を診始めたのをしおに幹次郎は書状を懐に入れ、刀を摑んで廊下へと下がった。

薬を医師が飲ませ、半右衛門が噎せた。

幹次郎はその光景に耐えられなくて廊下から玄関へと戻っていった。しばらくすると千太郎が戻ってきた。

「親父があれほど喋るとは」

「無理をさせましたか」

「いや、神守様に親父は力を与えてもらったような気がします。あんな安心した顔を久しく見たことがない」

千太郎が言った。

「文を大旦那様からお預かり致しました。約定通りに致します」

幹次郎が懐に入れた書状に手を置いて、

(それでよいか)

という風に念を押した。文の中身によっては、千太郎の意に沿わない騒ぎが起こることも考えられたからだ。

「お願い致します」

千太郎は即答した。

「千太郎どのは文の内容をご存じないのですか」

「はい、でも、およその見当はついております」

「大旦那様は、薄墨太夫を娘御のように可愛がっておられました」

千太郎が頷いた。

「薄墨のほうより神守様への文が厄介かと思います」

「この二通の書状、千太郎どのにお預け致しましょうか」

と幹次郎は訊いた。

「親父は未だ呆けてはおりませぬ。親父が信頼して預けた文です。私が預かる謂れはございません。親父の指示通りに願います」

千太郎が玄関から下りて履物を履いた。

幹次郎も従った。


この日、幹次郎が大門を潜ったのは昼見世が終わった刻限であった。伊勢亀の屋根船から山谷堀の下流で下りた幹次郎は、いったん柘榴の家に戻り、衣服を替えた。そして、薄墨太夫に宛てた書状だけを懐に吉原に向かったのだ。

遅い出勤であった。

大門前に村崎季光が立っていて無言で幹次郎を見た。

「またなにか画策しておるな」

と村崎が言った。

「いえ、そのようなことは」

と答えたのみで足早に村崎の前を通り過ぎ、自ら腰高障子を開けて吉原会所に入った。

「神守様、番方がお探しでしたぜ」

小頭の長吉が言った。

「奥におられるか」

「いえ、七代目の供で浄閑寺の法要に出ておられます」

「どなたか亡くなられたか」

「外茶屋の隠居が亡くなって四十九日だそうです。歳は八十三で不足はなかったのですが」

「それがしは四郎兵衛様の供をするべきであったか」

「いや、神守様と縁はなかったんでしょう、番方もそう言っていました」

長吉の言葉に、

「昼見世はなにもなかったかな」

「静かなものでした」

長吉は幹次郎が四郎兵衛の用事を務めていたと思ったか、そう答えた。

「それがし、夜見世前にひと廻りしてこよう」

「だれか若いのをつけますかえ」

「いや、独りでよい」

と答えた幹次郎は踵(きびす)を返して会所を出ると、会所の北側から通じる路地を榎(えの)本(もと)稲荷に向かった。

稲荷社の前で拝礼し、なにがしかの銭を賽銭箱に入れて伊勢亀半右衛門が一日でも長生きできるように胸の中で願った。そのあと、西河岸の局見世を抜けて開(かい)運(うん)稲荷に向かい、そこでも同じ行いを繰り返した。

京町一丁目を抜けて幹次郎は、夜見世前の三浦屋の暖簾(のれん)を潜った。番頭が幹次郎の顔を見て、

「おや、珍しい刻限に」

と言った。

この夜見世前の刻限は、妓楼がいちばん忙しかった。

「四郎左衛門様はおられようか」

「帳場におられますぜ」

「通ってよいかな」

「神守様のことだ」

幹次郎は刀を腰から外すと手に提げて大階段脇から帳場座敷に通った。

四郎左衛門が文を認めていた。

廊下に片膝をついてしゃがんだ幹次郎が、

「主どの、薄墨太夫にお目にかかってようござろうか」

と言った。

「会所の用事ですかな」

四郎左衛門が幹次郎を黙って見た。

「いえ、私用にございます。長居は決して致しません」

「神守様が珍しいことを」

「ご無理であれば次の機会に致します」

「神守様、そなたは薄墨の恩人だ。そなた様が私用と断わってまで願うことだ。どうぞ薄墨の座敷に通りなされ」

「主どの、信頼を裏切るようなことは神守幹次郎、決して致さぬ」

ふっふっふふ

と笑った四郎左衛門が許しを与えた。

刀掛けに大刀を預けた幹次郎は脇差だけを腰に裏階段から二階廊下に上がった。

薄墨と高尾の二枚看板を持つ三浦屋の造作はしっかりとしていた。その中でもふたりの太夫は表を見下ろす控えの間付きの座敷をもらっていた。

幹次郎は遣手のおかねの部屋にまず行き、

「おかねさん、主どのの許しを得てきた。薄墨太夫にお目にかかりたいのじゃが、迷惑かどうか訊いてくれぬか」

訝しい顔で応じた遣手のおかねは相手が吉原会所の裏同心と見て、尋ねに行った。が、直ぐに、

「お許しが出たよ」

と応じた遣手が、

「おまえ様と汀女先生は、なんとも吉原の横紙破りだね。楼の仕来たりをすべて破ってしまうよ」

と嫌みを言った。

「かような刻限とは重々承知だ、長居はせぬ」

幹次郎がそう言い残して遣手の部屋から薄墨太夫の座敷に行くと、知り合いの

禿が控えの間の入り口に立っていた。

「どうぞ、神守様」

禿に言葉をかけられて首肯した幹次郎は控えの間の襖(ふすま)の前で膝をつき、

「神守幹次郎にござる」

「お入りくださいまし」

薄墨の声がして襖を開くと薄墨は夜見世の化粧の最中だった。だが、

「かような姿で失礼します」

と背中での応対をまず謝った。

座敷には薄墨しかいなかった。

「まず文を」

幹次郎は懐の文を差し出すために薄墨の背まで膝行し、文を差し出した。

「神守様にお使い立てを致しました」

と白粉を刷毛(はけ)で塗った手を差し出して文を受け取った。

幹次郎がふたたび敷居際に下がると、

「文はのちほど読ませていただきます」

と薄墨が言った。

「相分かりました。それがしはこれにて」

と控えの間に下がろうとしたとき、

「お待ちください、神守様」

と願った。

「伊勢亀の大旦那様にお目にかかりましたか」

「お目にかかりました」

幹次郎の返事に薄墨はしばらく沈黙で答えた。

「伊勢亀の大旦那様のご様子を教えてくださいませぬか」

「薄墨様、明日、天女池で話させてくださいませぬか」

幹次郎の願いの意味を薄墨が沈思した。こんどは短い間であった。

「それほど病が重いのでしょうか」

「明日ではなりませぬか。夜見世が迫っております」

「神守幹次郎様、加門麻、どのような話を聞いても取り乱すようなことは決して致しませぬ。お聞かせください」

幹次郎は、薄墨が本名で応じた意味を考えた。それでも返答に迷いが生じて口を開けなかった。

「お願い申します」

思わず、ふうっ、と息を吐いた幹次郎は死期が迫った伊勢亀半右衛門の様子をざっと語った。

幹次郎の言葉を一語一語噛みしめるように聞いていた薄墨は、いや加門麻は黙していた。

背が大きく震えていた。

「お医師が詰めておられますのか」

念を押した。

「はい」

「それほどの重篤にございますか」

「もはや薄墨太夫の知る伊勢亀半右衛門様の顔とも姿とも違いましょう」

「それでも神守様とはお話しなされた」

「はい、倅の千太郎どのに許しが得られましたので」

また沈黙があった。

「最後にお別れがしとうございますが、籠の鳥ではそれもままならず」

薄墨太夫の言葉をこれほど切なく聞いたことはなかった。

「薄墨様、それがし、お願い申しました。伊勢亀の大旦那様の最後の頼みなれば、おそらく三浦屋の主どのとてお許しなさるかと思えます。しかしながら半右衛門様は、それがしに薄墨太夫との楽しい想い出を抱いてこの世に別れがしたいと答えられました」

「なんということか」

背中が泣いていた。

「薄墨様、このことを吉原で承知なのは太夫だけ」

「神守様も承知です」

「太夫、伊勢亀の大旦那様の死の時までこの一件、われらふたりの秘密にございます。なぜならば札差仲間に騒ぎが必ず起こると半右衛門様は考えておられます。そのためには少しでも時を稼ぎたいようでした」

幹次郎の言葉の意味をしばらく考えていた薄墨が、

「神守様、そなた様は大旦那様からなにか頼まれなさいましたか」

「書状をそれがしも預かりました。されど太夫の文と違い、死ののちに披くようにとの注文がついております」

「神守様はまた半右衛門様にお会いになりますか」

「お許しを大旦那様からも当代の千太郎どのからも得ております」

幹次郎の言葉に背が頷いた。

三

幹次郎がふたたび会所に戻ったとき、夜見世の始まる寸前だった。すでに仙右衛門の姿があるということは四郎兵衛も奥座敷に戻っているのだろう。

「本日は無断で遅刻をしてしまった。大変申し訳ない」

「津島道場で厄介ごとですか」

「まあ、そんなところです」

仙右衛門が幹次郎の曖昧な返事に訝しい顔をした。

広土間の隅に澄乃が悄然として立っていた。

幹次郎は、すまぬ、と目顔(めがお)で詫びると、

「四郎兵衛様に詫びてこよう」

とだれにともなく呟き、四郎兵衛の座敷に通った。

「四郎兵衛様、断わりもなく遅い出勤になりました。お詫び致します」

「津島道場で厄介ごとですかな」

仙右衛門の言葉が聞こえたか四郎兵衛が質した。

「はい」

「で、厄介ごとは済みましたかな」

「いえ、しばらくかかるかと思います」

四郎兵衛がしばし口を閉ざした。

「神守様、津島道場になにが起こっておるのか察しがつきませぬ。じゃが、神守様の考え通りに動きなされ」

「寛容(かんよう)なるお言葉、痛み入ります」

それ以上の言葉を重ねることなくふたたび頭を下げた幹次郎は四郎兵衛の前を辞去(じきょ)した。

仲之町に静かな歓声が起こった。

「薄墨太夫の花魁道中だぜ」

待合ノ辻で喋る客の声が聞こえてきた。

幹次郎は会所から出て、七軒茶屋の前辺りに立った。

仲之町の桜は今宵も見事な花を咲かせていた。

薄墨太夫の顔を仲之町の灯りが浮かび上がらせた。

奇妙な静けさを漂わせた花魁道中だった。いつもの艶(あで)やかさとは違って薄墨の表情に切なさとも侘(わび)しさともつかぬ感情が漂い、それが素見の客さえも黙らせていた。

幹次郎の傍らに仙右衛門が立った。

「おっ」

仙右衛門の口から驚きの声が漏れた。

「どうしたんだ」

仙右衛門は、幹次郎に尋ねていた。

だが、幹次郎は答えない。

「えらく太夫は険しい顔だぜ。これほど哀しげな顔の薄墨を見たことがない。なにごとだ」

と仙右衛門は呟いていた。

花魁道中が江戸町の辻に近づいてきた。

「泣くのを堪えているような顔だな」

「親でも死んだかね」

と客たちが小声で言い合った。

「たしかにな、『色気で先代の高尾太夫、誠で小紫、色気、誠、気品三つ合わせて薄墨様』と言われるのもむべなるかなだ。今宵の薄墨には、切なさが加わってやがる」

吉原通のひとりが呻くように言った。その言葉が薄墨の表情といっしょになって男たちの胸に染み込んだ。

先代の高尾も小紫も一世を風靡した三浦屋の抱え遊女だった。

薄墨は幹次郎に見向きもせずに、じいっと前を見据えて七軒茶屋の一軒浦里の前に止まった。

馴染の客を待つ仲之町張りのためだ。

「おかしい」

仙右衛門が言った。それでも幹次郎は答えない。

「あの薄墨が切なさを客に見せた。そして、神守様までよ、なんだか普通と違う。こりゃ、なんぞ関わりがあるんじゃねえんですか」

仙右衛門が幹次郎の横顔を見た。

「天下の薄墨太夫と会所の裏同心にどのような関わりがあるというのだ。太夫も人の子だ。胸の中になにがあるか、裏同心風情が察することができるものか」

幹次郎はそう答えるしかなかった。すべてを承知していた。だが、だれにも口にすることのできない話だった。

薄墨は客としてだれよりも信頼してきた伊勢亀半右衛門を失おうとしていた。その存在は実の親以上であったろう。その上、死の床にある半右衛門に別れの言葉を伝えることもできず、別の客と座敷をともにしなければならないのだ。その胸中は察するに余りあったが、幹次郎にもどうしようもないことだった。

幹次郎は、待合ノ辻に佇むたたず澄乃のもとへ行くと、

「夜廻りに参るぞ」

と言い、伏見町へと入っていった。

澄乃も幹次郎のぴりぴりと張りつめた気持ちを察していた。だが、それには触れず、

「薄墨太夫の顔はたとえようもないほど美しゅうございました」

と言った。

「吉原の遊女衆は、なにがあろうと務めを果たさねばならぬ。そなたは今宵の薄墨を美しいと評した」

「威厳があって気品がございました。天女池でお会いした、あの優しい顔の薄墨様とはまるで違って見えました」

「遊女三千人の頂点に立つお方だ」

「はい」

「われらの務めは薄墨太夫から局見世の女郎衆までを守り、見張ることだ」

幹次郎の己に言い聞かせるような言葉を、澄乃は黙って聞いた。

「辛いことはございませんか」

「務めはどのようなものでも楽なものはない。気を抜かずに見廻りをなすぞ」

幹次郎はこの日初めて澄乃を注意して見た。

澄乃の形が昨日とは違っていた。そのことに今まで気づかなかった注意力の散漫を恥じた。

薄い灰色の半纏を羽織った下は、地味な小袖の着流しだった。それに茶筅髷で脇差を一本腰に差していた。半纏の片方の襟には、

「吉原　引手茶屋」

もう片方には、

「山口巴屋」

と染め出されていた。背には山口巴屋の家紋、花山形(はなやまがた)があった。このほうが昨日の形より断然吉原らしかった。

「山口巴屋の半纏じゃな」

「玉藻様が茶屋の奉公人が着る半纏と小袖を貸してくれました。七代目は会所の名入りの女半纏を作るまでこれで待てと申されました」

「一日で吉原の女子になったな」

「はい」

と澄乃が言った。

ふたりは伏見町から明石稲荷に一礼して羅生門河岸に入った。

澄乃が緊張するのが分かった。

御免色里と呼ばれる官許の遊廓の中で局見世が集まる羅生門河岸と西河岸は、

「吉原のふきだまり」

と呼ばれた。

五丁町が吉原の表の顔ならば、東西の河岸は、最下級の遊女屋が並ぶ遊女のふきだまりだった。

長屋造りが並ぶ路地は、ふたりが並んで歩くのは無理なほど狭く、暮らしの、欲望の、溝の臭いが常に漂っていた。

女郎が最後に行きつく局見世は遊び代も安価で一ト切（およそ十分）百文であった。

この両河岸の女郎は、五丁町から落ちてきた者が多く、梅毒など性病に冒された女郎もいた。ゆえに当たれば死ぬと言われ、

「鉄砲女郎」

とも呼ばれた。

澄乃は今宵も幹次郎のあとに従っていた。だが、息を殺しているのが幹次郎には感じられた。

「おや、会所の裏同心様の見廻りかえ」

伏木のしわがれ声がした。

「過日は世話になったな」

寝小便をするというので、表の見世から羅生門河岸に自ら望んで落ちてきたおこうが幼馴染の男と仕組んで客の葉三郎を殺し、生まれ在所の川越に逃げた一件に最初に気づいたのは伏木だった。

「川越まで出向いたんだってね、ご苦労なことだ」

「女は男によって仏にもなれば蛇にも変じるな」

「神守の旦那、あのおこうは大したタマだったよ。地廻りの葉三郎さんに化けて大門を抜け出たんだものな」

「おお、そうだ。伏木につなげておこうか」

「なんだえ」

伏木が局見世から顔を覗かせた。

暗い路地だが、掛行灯に白い化粧の顔がにゅっと浮かんで出てきた。

ごくり、と澄乃が息を呑んだ。

「なんだい、この女男はさ」

「おこうの一件があったでな、会所では女の奉公人を雇って大門の出入りを厳しくしたのだ。男ではなかなか見分けがつかぬところを女の勘と目で探ろうと考えてのことだ」

幹次郎は、澄乃が自ら吉原会所の女裏同心に志願してきたことは伏せて、あくまで会所の考えで女奉公人を奉公させるようにしたと説明した。

「なんと、吉原会所に刀なんぞを差した女の見習いね」

と伏木が澄乃をじろりと見た。

「羅生門河岸の伏木さんだ。澄乃、羅生門河岸で分からぬことがあれば伏木さんに聞くがよい」

幹次郎の口添えに澄乃が、

「嶋村澄乃にございます。以後お見知りおきください」

と願った。

「おや、武家の出かえ、それで刀か」

「亡き父は浪人にございました」

「武家方の女だって吉原にはなんぼもいるよ。ああ、そうだ、全盛を誇る薄墨太夫だって武家の娘だもんな。こっちは川向こうの小梅村の水呑み百姓の娘だ、出世には関わりないやね」

と独り語りで出自まで語った伏木が、

「おまえさんの顔立ちならば表通りの大見世がなんぼでも引き受けようじゃないか。そっちに行く気はなかったのかえ」

と伏木が澄乃に質したとき、

「なに、言うんだよ。わたしゃ、おまえの娘じゃないよ」

と喚く声がして、一軒の局見世からよろよろと年寄りが路地に姿を見せ、角町の方角へと姿を消した。

「ああ、また、五十間道裏の豆腐屋の隠居だね」

「伏木、豆腐屋の隠居がどうしたのだ」

幹次郎が伏木に質した。

「店の代を譲った途端、呆けが生じてね。もう何十年も前に死んだ娘がなぜか吉原で働いていると思い込んでさ、時折り、おさよ、と言いながら局見世に入り込んでくるんだ。五丁町の楼では、男衆に追い出されることを知っているからね」

「われら、大門で見落としていたか」

「意外としゃんとした形でさ、隠居然として大門を潜るんだとよ。吉原は男の出入りは勝手だからね」

と伏木が言った。

幹次郎は伏木に礼を述べて、

「よし、澄乃、参るぞ」

と見習いに声をかけた。

幹次郎が通り過ぎようとした路地に、

ぱあっ
と塩が撒かれた。

幹次郎が足を止めると、澄乃が幹次郎の背にぶつかってきて、すみませんと詫びた。

「どうした、豆腐屋の隠居の娘と間違われたか」

「裏同心の旦那かえ。ありゃね、呆けじゃないよ、呆けのふりをしているだけだよ。豆腐屋の爺め、おさよ、なんて言いながらいきなり抱きついてくるんだもの、正気だよ」

お千と呼ばれる女郎が幹次郎に言った。

「伏木は呆けておると言うたが、呆けてはおらぬのか」

「正気だよ、これで二度目だよ。客のいないときに客のふりして、いきなりわちきを押し倒しやがった」

と喚いた。

羅生門河岸の中でもつい最近揚屋町の小見世から落ちてきたお千が吐き捨てた。

「よし、呆けかどうか豆腐屋の隠居を見つけようか」

幹次郎は路地を足早に角町へと向かうと、角町の中ほどで楼の若い衆に豆腐屋の隠居が捉まっていた。

「豆腐屋の文五郎爺さんよ、おめえの娘はもう三十数年前に流行病で亡くなったんだよ。死んだ娘を吉原で探してどうするんだ。あの世に行ってから、訪ねな」

若い衆は五十間道裏の豆腐屋を承知か、そう言い聞かせようとした。

「すまない、大門で見逃したようだ」

幹次郎は若い衆に声をかけた。顔は承知だが、名までは知らない若い衆だった。

「隠居は文五郎という名なのか」

「へえ、わっしが育った長屋近くの豆腐屋でしてね、おさよさんは七つのとき、亡くなったんですよ。娘がひとりだったもんで、文五郎さんはおさよさんが亡くなったとき、えらく落ち込んだそうです。うちのお袋といっしょの歳だったとか、お袋によく豆腐屋のおさよさんのことは聞かされました」

「豆腐屋は倅が継いだのかな」

「いえ、独りっ子でしてね、おさよさんの従弟が文五郎さんのあとを継いだのが一年半前のことかな。仕事をしなくなったら、急に呆けてしまいましてね」

幹次郎は若い衆と話をしながら、文五郎の表情を見ていた。

文五郎は澄乃に関心を抱いたようで、

「おさよだな」

と問いかけていた。

「お父つぁん、娘のおさよですよ」

と澄乃が答えると、

「やっぱり生きていたんじゃないか」

と手を取った。

文五郎は黙って立っていればなかなかの風采（ふうさい）だった。背丈はあるし、着ているものもこざっぱりしたものだ。

幹次郎は大門でも賑わっているときは見逃すかもしれないと思った。

不意に金次が姿を見せた。

「金次、おまえら、豆腐屋の隠居を見逃しちゃダメじゃないか」

と楼の若い衆が言った。

「周平（しゅうへい）、会所は女の出入りには厳しいがよ、男にはつい甘くなるんだよ」

と金次が答えた。

同年配の金次と周平は、かなり親しい間柄のようだった。

「金次、会所も承知か、豆腐屋の隠居のことを」

「もちろんだよ。若いころは、吉原に豆腐を担ぎ商いに来たそうだぜ。だからさ、廓内のことは詳しいんだよ」

「最前、羅生門河岸で局見世のお千に抱きついて叱られておった。お千が言うには呆けは虚言で抱きつくための方便じゃというのだがな」

金次と周平が顔を見合わせた。

「それはないだろう。だって跡継ぎになった甥の松次さんも嫁さんも『豆腐屋を手に入れたと思ったら呆けの爺様がついてきた』とぼやいているもの」

と周平が言った。

「おさよ、家に帰ろうか」

文五郎が優しい声で澄乃に話しかけていた。

澄乃が幹次郎を見た。

「澄乃、これもわれらの務めのひとつだ。五十間道裏の豆腐屋まで送っていくがよい」

と命じた。

「よし、おれもついていこう。なにかあってもいけねえからな」

と金次が言うと、

「文五郎さんよ、行くぜ」

と声をかけた。

「おまえはいい。おさよと戻る」

文五郎は澄乃の手を離そうとはせず仲之町へと歩き出した。慌てて金次がふたりのあとを追った。

「金次がのされたのはあの娘ですかえ、神守様」

と周平が幹次郎に訊いた。

「さような噂が流れているのか」

「噂もなにも金次当人の口から聞いたんでさ。なんとも強い女裏同心が会所に入ったってね」

周平の言葉を聞きながら、澄乃は意外と役に立つ吉原会所の一員になるような気がした。

四

その夜、柘榴の家に幹次郎が戻ったのは、四つ半（午後十一時）時分だった。

すでにおあきは寝ていたが、汀女が幹次郎を迎えに出て、

「お勤めご苦労にございました」

と幹次郎の差し出す大小を受け取った。

汀女の足元に黒介が従っていた。

幹次郎は柘榴の家の主ともいえる猫を抱いて、しばらく玄関土間に立っていた。

「なんぞございましたか」

「廓は静かなものであった」

「おあきの話では、幹どのは一度着替えに家に戻ってきたとか」

「戻った」

着替えだけではなく、伊勢亀半右衛門が幹次郎に託（たく）した書状一通を柘榴の家の違い棚の戸棚に隠し、薄墨太夫への文だけを携えて吉原に向かったのだ。

幹次郎は、黒介を抱いて台所の板の間に向かった。

行灯の灯りで汀女は、料理茶屋山口巴屋の翌日のお品書きを認めていたか、筆や紙が散らかっていた。

「今片づけます。夕餉の前に着替えなされ」

汀女の命ずるままに幹次郎は寝間着(ねまき)に替えた。

囲炉裏には炭火があった。

桜の季節、花冷えがした。囲炉裏の火が夜になると恋しくなる。

幹次郎は主の座に座った。

「夕餉の前に御酒(ごしゅ)を呑まれますか。仕度してございます」

「いや、夕餉は四郎兵衛様と食した。茶にしてもらおう」

「あちらでも呑まれませんでしたか」

「呑まなかった」

「珍しゅうございますな」

汀女の言葉に幹次郎は黙って頷いた。茶の仕度をしながら汀女が幹次郎の態度を観察しているのが幹次郎には感じられた。

「今宵のお客様が薄墨太夫の花魁道中がいつもとは違ったと申されておりました。なにか鬼気(きき)迫(せま)る美しさであったそうな」

「それがしも見た」

「幹どのもそのようなことを感じられましたか」

幹次郎は頷き、しばし迷った末に、

「姉様、太夫がなぜあのような表情であったか、理由(わけ)は承知しておる。じゃが、姉様、しばらくこのこと黙って見ていてくれぬか。姉様にも四郎兵衛様にも話せぬのだ」

と幹次郎は言った。

「幹どのの様子がいつもと違うと思うておりました。このことと関わりがございましたか」

「時節がくれば話す。遠い先ではあるまい」

汀女は、幹次郎の言葉に哀しみを感じ取った。

(幹どのと薄墨様だけが知る話とはなにか)

と思いながらも汀女は問うていた。

「薄墨太夫に落籍話があると聞きました」

「姉様、薄墨太夫を手折って傍らに置こうと考える客はいくらもいよう。珍しいことではあるまい」

「そうでしたね。加門麻様は、幹どのが吉原の御用を務めるかぎり廓の外には出ることはございますまい」

汀女が言った。

幹次郎はなにも答えない。

汀女と薄墨は、いや、加門麻は、姉と妹以上の複雑微妙な感情を、幹次郎を巡って共有していた。

汀女は麻が幹次郎に恋情を抱いていることを承知していた。吉原会所に勤める身の幹次郎だ。知らぬふりをしてきたが、ときに加門麻がその気持ちの一端を見せることがあった。

薄墨のそんな感情は三年前の吉原の大火の折り、猛火の中から幹次郎が命がけで命を救ってくれたことに始まっていた。

汀女も麻の一途な想いを理解していた。

ときに冗談とも本気ともつかず、

「いつの日か、加門麻様の願いを幹どの、聞き届けてやりなされ」

と唆(そそのか)すことがあった。

幹次郎は、汀女の気持ちを承知していた。

「姉様、さようなことはできようはずもない」

と答えてきた幹次郎だが、全盛を誇る薄墨太夫の落魄だけは見たくないと思っていた。だが、吉原会所の陰の身ではどうにもならなかった。

「姉様、正三郎さんと玉藻様の間はどうなっておる」

幹次郎は話柄を逸らした。

「目立った進展はございませぬ」

汀女が茶を幹次郎の前に差し出した。

温めに淹れられた茶を一口喫した幹次郎は、

「このままにしておけば正三郎さん自ら七代目に掛け合うことはあるまいな。正三郎さんは、料理人という自分の身分を考えておられる」

吉原会所の跡継ぎは廓内の者、それも老舗の楼主とか茶屋の主という不文律があった。料理人の正三郎は、外の者だ。

「幹どの、四郎兵衛様の跡継ぎは、他にはおられませぬか」

「狙っておるお方はあちらこちらにおられよう。だが、吉原会所の頭取は、ただの妓楼の主では務まらぬ。度量も駆け引きも押しもすべて揃っていなければなるまい」

「玉藻様と正三郎さんは引手茶屋と料理茶屋を引き継いでいかれればよいではございませんか。おふたりにお子ができれば事情も変わりましょう」

汀女に幹次郎は自らの考えを前に話したことがあった。

「四郎兵衛様の跡継ぎをこれから生まれるかどうかも分からぬ孫が務めるには無理があろう。長い歳月がかかる」

幹次郎は言外に四郎兵衛の寿命を言っていた。

「ともかくその前に正三郎さんと玉藻様が夫婦になる要がある」

「幹どの、正三郎さんと一度話してくれませぬか」

汀女が食い下がった。玉藻と正三郎の互いの気持ちをよく知る人物は、近くで毎日顔を合わせる汀女だった。

「われらの立場でさような差し出がましいことができようか」

「見て見ぬふりをするのも罪ではございませぬか。玉藻様を幸せにできるのは正三郎さんだけです」

ふうっ
と息を吐いた幹次郎が、

「他人の恋路や欲望をお膳立てはしても、自分のこととなるとなかなか一歩が踏み出せぬのが吉原者かのう」

「手を拱いていると、玉藻様の前にまた妙な輩が現われますよ」

と汀女が言い、

「いささか先走っているのは分かっておりますが、幹どの、明け六つ半（午前七時）時分に魚河岸に足を運んでくれませぬか。正三郎さんは見習いの料理人とふたりで魚を買い求めに行かれます」

と願った。

しばし沈思した幹次郎が、

「姉様、数日、時を貸してくれ。それにひとつだけ懸念が残っておる」

「異母弟を騙った慎一郎を幹どのが始末された一件ですね」

汀女の念押しに幹次郎は頷いた。

玉藻は、慎一郎を異母弟と思い込んできた。

その男がなんの関わりもない悪党であり、玉藻を金をせびる相手のひとりとしか考えていなかったと幹次郎らに知らされた玉藻は、真偽は別にして幹次郎へ嫌悪の情を持ったことも事実だ。

「つい先日、玉藻様は四郎兵衛様からご注意を受けたようです。その折り、四郎兵衛様は『玉藻、そろそろ愚かだった自らの所業に目を向けなされ。あのことでおまえ以上に胸に嫌な思いを残されたのは神守様だぞ。人を斬ることがどれほどの重い行いか、その覚悟を常に持っておられる神守様とて、悩んでおられるのに気づかぬか』と叱られたそうな。玉藻様が涙を流しながら、愚かだった私の言動を幹どのに詫びてくだされと願われました」

「さようなことがあったのか」

玉藻の気持ちの変化を感じ取れずにいた己を幹次郎は恥じた。

「ございました。この一件、幹どのが慎一郎を始末しただけでは、半端仕事にございます。正三郎さんの気持ちをかたちにして初めて、慎一郎を始末したことが生きてくるのです」

「玉藻様もその気かな」

「私どものように玉藻様と正三郎さんは幼馴染なのですよ」

汀女があれこれと知恵を幹次郎に授けた。

「相分かった」

と答えた幹次郎は残った茶を喫し、

「朝が早いとなれば寝よう」

と寝間に引き上げた。

その朝、六つ半の時分、幹次郎は本船町の魚河岸江ノ浦屋の前に立っていた。汀女と話した翌日のことだ。その視線の先では若い料理見習いを従えた正三郎が竹籠を肩に掛けて魚を選んでいた。汀女に吾妻橋際の船宿から猪牙舟を雇って魚の仕入れに行くと聞いていた。見習いが竹籠を舟に運んでいた。

そんな様子を半刻ほど眺めていた幹次郎に正三郎の視線が向けられた。

幹次郎が会釈を返した。

最初、訝しそうな顔をしていた正三郎が幹次郎へと歩み寄ってきた。

「神守様、魚河岸に御用ですか」

「いえ、正三郎さんに話がしたくて、かような真似を致しました」

「ほう、わっしに」

と首を傾げた正三郎が、

「魚河岸は江戸でも一番朝が早い商いの場です。酒を呑ませる店も朝餉を出す店もあります。お付き合いしてくれませんか。その場でお話を聞きましょうか」

と言い、見習いに買い求めた魚を入れた竹籠を預け、

「先に帰れ」

と命じた。

正三郎が連れていったのは、安針町(あんじんちょう)の裏手にある煮売りめし屋だ。店の佇まいはざっかけない造りだったが、魚河岸の働き手が出入りするめし屋だ。魚は新鮮で、客の入りも多かった。

「おお、正三郎さん、珍しいな」

煮売りめし屋の主らしい、前掛けをしたねじり鉢巻きの男が声をかけてきて、連れの幹次郎を見た。

「うむ、どこかで見たお方と思ったら、吉原会所の凄腕のお侍だ」

「神守幹次郎にござる」

幹次郎が名乗った。ふたりの関わりをどう考えたか、

「正三郎さん、奥の小上がりにするかえ」

と主が訊いた。

「頼む。冷やでいい、酒をくれないか。めしはあとだ、千恵蔵(ちえぞう)さん」

「合点(がってん)だ」

煮売りめし屋の千恵蔵がふたりを奥の小上がりに案内した。

「朝から酒が大威張りで呑めるのは魚河岸くらいでしょう」

と正三郎が笑い、

「千恵蔵さんは遊び仲間でしてね、わっしの兄貴株でした」

と言った。

小僧が直ぐに酒器を運んできた。

正三郎が大ぶりの猪口を幹次郎に持たせ、酒を注いだ。幹次郎が正三郎の杯に注ぎ返した。

「神守様と酒を酌み交わすなんて初めてでございます」

と言った正三郎が手にしていた杯を折敷(おしき)膳にいったん戻し姿勢を正すと、

「神守様、礼を申し上げます」

と頭を下げた。

「なんの話だな」

「玉藻様にたかるダニを神守様が退治してくれたことですよ。わっしはなにもできなかった」

「餅は餅屋というではないか。そなたに礼を言われて話がしやすくなった」

「ほう、なんでございましょう」

「まずは酒を一杯頂戴しようか」

　ふたりは酒を呑み干した。

　幹次郎は、空(から)の猪口を折敷膳に戻すと、

「正三郎さん」

「なんでございましょうな」

　正三郎が構えた。

「いや、玉藻様のことだ。そなたは玉藻様を幼いころから承知のようだな」

「はい。わっしは五十間道裏の建具屋(たてぐや)の三男坊でございましてね、子供の時分には大門もなにもあったもんじゃない。玉藻様とは遊び仲間でした。こちらは千恵蔵さんと違って、わっしのほうが兄貴分でしたが、今じゃ立場が違って主と奉公人の間柄だ。いえ、それが元からの真の立場だったんですがね、餓鬼(がき)は七軒茶屋の娘がどうだなんて考えもしませんでしたよ」

「今はどうです」

「神守様、言いましたぜ、主と奉公人とね」

「そなたが慎一郎の一件では真剣に玉藻様の身を案じていたことをわれらは承知

しておる」

「それくらいしかできませんでした」

正三郎は同じ返事を繰り返した。

幹次郎はしばし間を置いた。

「玉藻様のことをどう思う」

「どう思うと申されても、ただ今では主様です」

「話が進まぬな」

と苦笑いした幹次郎が、

「そなた、玉藻様が好きか」

「は、好きと申されても相手は」

「主か」

「はい」

「世の中には身分違いの恋もあろう。姉様は、そなたが玉藻様を好きで、玉藻様もそなたには心を許しておると見ておる。われら、そなたも承知かと思うが、他人の女房になった姉様の手を引いて西国の藩を抜けて駆け落ちした経験のあるふたりだ。そんな姉様の勘はなかなかのものだぞ。どうだ、正三郎さん」

幹次郎の言葉を茫然と聞いていた正三郎が、

「汀女先生の勘は鋭うございますよ。でもね、五十間道裏の建具屋の三男坊の料理人と七軒茶屋、料理茶屋の女主では月とスッポン、比べようもございませんや」

「正三郎さん、ときに谷底を見ないで跳ぶ勇気も要る」

しばらく正三郎が黙り込んで思案した。そして、尋ねた。

「神守様は汀女先生の手を引いて豊後の大名家を逃げたときが、そのときでございますか」

「いかにもさようだ。正三郎さん、まず玉藻様と話してみよ」

「どこでどう話せと申されるので」

「本日姉様が玉藻様をわが家、柘榴の家に呼んである。昼八つ（午後二時）だ。ふたりしてじっくりと子供の時分からの話をなせ」

「それで事が進みますか、神守様」

「そなたらの気持ちがいっしょならば、四郎兵衛様にはそれがしからお願いしてみよう。四郎兵衛様は話が分からぬお方ではあるまい」

「ちょっとお待ちください」

「なんだ」

「わっしが山口巴屋の料理人として玉藻様を手伝うことはできましょう。ですが、玉藻様の親父様にはもうひとつの顔がございます」

「吉原会所の頭取だな」

「はい」

「玉藻様がささやかな間違いを犯したのも八代目のことを考えたゆえだ。そなたらの一件と八代目の一件は別物と考えられぬか。七代目が考えられることだ」

幹次郎の言葉に正三郎が黙考した。

「玉藻様の手を握って谷底を見ないで跳ぶ勇気を見せてみよ。必ず道は開ける」

「神守様と汀女先生を見習えと申されますので」

「僭越か」

「いえ、わっしが臆病過ぎたかもしれませぬ」

「料理人頭の重吉さんには、そなたが玉藻様の用事で店を抜けることを姉様が話してある」

「なにからなにまでお膳立てが済んでますので」

「一歩踏み出せ」

へえ、と答えた正三郎が、

「慎一郎の一件ですが、わっしが野郎を殺そうと覚悟を決めたときがございました。だがね、わっしは迷った。料理を拵(こしら)える刃物で相手を突き殺すことをですよ。そのことを承知してかどうか、神守様が決着をつけてくださった」

と告白した。

「そなたが慎一郎を殺さずにいてよかった。その折りの勇気を思い出して玉藻様に当たるのだ」

「はい」

と正三郎が幹次郎の顔を見て返事をした。

第四章　桜咲く

一

　その日、いつもより早い刻限に五十間道を下りて大門を潜った。

　さすがに面番所の村崎季光同心も出勤していないようで、面番所の戸は閉じられていた。

　幹次郎は、待合ノ辻で足を止めた。

　春の日差しを避けるために菅笠（すげがさ）を被っていた。その縁を片手で上げ、ほぼ七分咲きの桜を見上げた。

　微風（そよかぜ）に一枚二枚花びらが散っていた。

　その光景を幹次郎はしばらく眺めながら、伊勢亀半右衛門のことを考えた。

（今日も見舞いに行こう）

そう思いながら会所の敷居を跨ぐと、小頭の長吉たちが火鉢の周りにいた。

「おや、本日はお早いですな。朝稽古の帰りですかえ」

「いや、そうではない。番方はまだか」

「今朝はまだですよ。ひなちゃんが生まれて番方の表情が穏やかになったようだ」

と長吉が笑った。

「それがしには分からぬ気持ちだな」

「神守様のところには柘榴の家に居ついた黒介がいるじゃありませんか」

「ひなと黒介がいっしょになるものか」

と応じた幹次郎は、

「七代目は座敷かな」

「いえ、たしか朝風呂を使っておいでですよ。どうです、神守様も七代目と朝風呂に浸かるというのは」

「悪くはないな。お許しがあればそうしてみよう」

幹次郎は広土間で腰から相州五郎正宗十哲のひとりに数えられる佐伯則重の

作による刀を抜くと手に提げて会所の廊下を奥に向かった。

山口巴屋との境の板戸を引き開けて引手茶屋の廊下に出た。この板戸、一見板壁に見える造りだ。

幹次郎は引手茶屋の湯殿に向かった。

脱衣場の様子から四郎兵衛ひとりとみえた。もはや客は引き上げたのであろう。

「四郎兵衛様」

と幹次郎が声をかけ、「湯をごいっしょさせてください」と願った。

「津島道場に朝稽古ですか」

「いえ、別の用事で出ておりました」

四郎兵衛の答えに幹次郎は脇差と則重をいっしょにして脱衣籠の奥へ置き、衣服を脱いだ。真新しい手拭いを一枚摑むと、脱衣場から洗い場に下りた。

引手茶屋の湯殿は客が使うために立派な造りで、二間（約三・六メートル）に一間半（約二・七メートル）の檜(ひのき)の湯船があった。ただし町の風呂屋のような柘榴口はない。

四郎兵衛はその湯船を独り占めにして浸かっていた。

「入りなされ。なんとなく話し相手が欲しいと思うておりました」

幹次郎は洗い場の入り口に設けられたかかり湯で体を清めて、

「失礼致します」

と大きな湯船に浸かった。

「仲之町の桜が今年も見事に咲きました」

「咲きましたな」

と答えた四郎兵衛が、

「桜は人の気持ちを、ぱあっと明るくする力を秘めておりますな。ですが、見る人の気持ち次第では、これまで歩いてきた来し方をしみじみと振り返らせるような不思議な想いを抱かせます。桜はわれらに一年に一度なにかを考える機会を授けてくれる、そんな木です。他にはございません」

「いかにもさようです」

ふたりは大きな湯船の奥に背を凭せかけて天窓から入る春の光を眺めていた。

「神守様、本日は玉藻が珍しく料理茶屋に出向いております」

「そうでしたか」

汀女が玉藻を柘榴の家に呼び出していることを幹次郎は承知していた。

昨晩の話し合いの結果だ。

このあと、玉藻は料理人の正三郎と会うことになるだろう。話次第では、四郎兵衛に正三郎が会うことになる、いや、必ずそうなると幹次郎は考えた。

「神守様、お話がなんぞあるのではございませぬか」

不意に四郎兵衛が幹次郎に視線を向けながら尋ねた。

幹次郎はいささか虚を突かれて、伊勢亀の一件を四郎兵衛が言っているのかと思った。だが、そうではあるまいと思い返した。

「ございます」

「こちらからの誘いもなく神守様が湯に入りたいと申し出られた、初めてのことです。用件がなければなりますまい」

四郎兵衛の口調は穏やかだった。

「廓内で私の知らぬことが進行しておりますか」

「いえ、そうではございません。廓は至って穏やかと存じます」

「ならばなんでございましょうな」

ううーん、と幹次郎は唸(うな)った。

「四郎兵衛様にお話し申すのには手順が狂いました。それに湯殿で話すようなことではございません」

「なぜです。男同士、裸のときこそ、どのようなことでも忌憚のない話し合いができましょうに。これでも四郎兵衛、聞く耳は持っているつもりです」

「四郎兵衛様、私の立場では僭越と承知しています。お節介をするでないと叱られそうです」

ふっふっふふ
と笑った四郎兵衛が、

「今日は吉原会所の裏同心どのがえらく慎重ですな」

幹次郎はしばし間を置いた。

柘榴の家の話し合いがうまくいかなかったときには、四郎兵衛に話す要がないことだった。だが、老練な四郎兵衛から先手を打たれた幹次郎は覚悟した。

「玉藻様のことでございます」

「なに、玉藻のことですと」

四郎兵衛には思いがけないことのようで返事に驚きがあった。

「過日は慎一郎なる者を神守様が始末してくれなさった。その一件が尾を引いておりますか」

「あの一件で玉藻様にそれがし、余計なことをなしたと嫌われたようです。またこれで余計なことをなすと、いよいよ玉藻様の傍に寄せてはいただけますまい。その上、四郎兵衛様からもきついお叱りを受けそうです」

「いつもの神守様とはまるで違いますな。はっきりと申されませぬか、これでは一向に話が進みませんな」

「玉藻様はなぜ婿をお取りにならないのでしょうか」

「そのことですか。私もあれこれと玉藻にぶつけてみましたが、仕事が面白いと悉く断わられました。そんな心の隙に慎一郎が入り込んできた。玉藻は、あやつの手練手管に異母弟と思い込まされ、金をせびり取られていた。

廓の中のことや商いにはそれなりに長けておりますが、世間様にいろんな者がおるということを玉藻はあの歳で知らぬようです。あの一件は私も驚きました。私の育て方に欠けていたものがあったようです、人を見抜く力が足りませぬ」

「四郎兵衛様、玉藻様の婿になる人物に条件がございましょうか。たとえば四郎兵衛様の跡継ぎとして八代目の頭取になり得る人物でなければならぬとか」

うむ、と四郎兵衛が幹次郎を見た。

「神守様、吉原会所の頭取は世襲ではございませんでな、廓の主立った妓楼や茶屋の主方が、これは、と認めた人物でないとなれませぬし、務まりませんよ。

そんな男はなかなかおりますまい。ために退きどきを忘れたように私がこうして務めております。それもこれも神守様と汀女先生が私どもを手助けしてくれるからできることとです」

「過分なお言葉にございます」

「で、玉藻の婿話はどこへ行きましたな」

「引手茶屋と料理茶屋の婿どのと、吉原会所の頭取は別人物でもようございますので」

「私が偶々そんな立場にあるだけで、私が死ねば八代目は皆さんがお決めになることとです」

幹次郎は一歩踏み込むことにした。

「引手、料理茶屋を営む玉藻様を手伝い得る人物に心当たりがございます」

「ほう、だれでしょうな。玉藻は承知の人物ですかな」

「はい。幼馴染です」

「なに、幼馴染ですと」

と幹次郎の言葉を繰り返した四郎兵衛が、

「はて、だれであろう」

と呟いた。

幹次郎は今朝魚河岸で正三郎に会い、話し合ったことを詳しく告げた。その上で、

「正三郎さん当人は身分違いゆえと胸の中の想いをこれまで口にしなかったようです。慎一郎の騒ぎも正三郎さんは案じておられましたし、そのことがなければそれがしの動きが遅れていたかもしれません」

「料理人の正三郎でしたか。で、玉藻はどう思うておるのです」

「それがしの推測ですが、玉藻様の婿どのは吉原会所の八代目の資格を持たねばならないと正三郎さんは思い込み、態度に表わさないようにしてきたと思えまする。なれど、わが女房どのの目には正三郎さんが玉藻様の身を案じ、玉藻様も正三郎さんには全幅の信頼を置いているように見えると申しております」

「気づかなかった」

四郎兵衛が悔いの言葉を漏らした。

「今朝方、それがしが魚河岸で正三郎さんに会い呼び出しましたゆえ、わが家にて玉藻様とふたりでお互いのことを虚心坦懐に話すことになりましょう。その結果次第で、それがしが四郎兵衛様にお話しするつもりでした。ところが七代目に

先を越されてこの始末です」

「正三郎ね」

「ご不満ですか」

幹次郎は正三郎の気持ちを思い、四郎兵衛に思い切って訊いた。

「男親というもの、娘のことをなにも見ていないものですな。あの男を料理人頭の重吉の跡を継ぐ男として京に修業に出したのは私です」

「はい」

「神守様方はすべて承知でこの一件に動かれましたか」

「余計な世話と承知していますが、おふたりの背中を押すのもわれら駆け落ち者の夫婦の務めかなと考えましてございます」

四郎兵衛が両手で湯を掬い、ごしごしと顔を洗うと幹次郎に向き直った。

「神守様と汀女先生には、なんとお礼を申し上げてよいか言葉が見つかりません。玉藻がこれまでの婿話を断わったのは、正三郎のことが頭にあったからでしょうかな」

「かもしれませぬ」

「足元に婿がいたとはな」

　と四郎兵衛が呟き、

「あの男ならば玉藻を表に立て、引手茶屋だろうと料理茶屋だろうとしっかりと続けていくことができましょう。善は急げです。ふたりの気持ちが同じならばふたりして四郎兵衛に挨拶に来いと伝えてくれませぬか」

「それはまた一気呵成ですな」

「機を逃しては成就するものもかたちになりません」

「分かりました。この足でわが家に戻り、ふたりの話を伺ってみます。なれど玉藻様の気持ちを読み違えていたとしたら、七代目を騒がしただけのことになります」

「いえ、ただ今神守様からこの話を聞いて腑に落ちることが多々ございます。汀女先生と料理人頭の重吉に任せている料理茶屋に、このところなにかと理由をつけて訪ねていきます。店のことより正三郎に会うためでしょうかな」

「さてどうでしょう」

「まずは汀女先生と神守様の判断に間違いはございますまい」

　と四郎兵衛が言い切り、

「となると、番方とお芳さんのところのように子が来年にも生まれることになる。

私にとって孫だ」

「かもしれません」

幹次郎は四郎兵衛の豹変に苦笑しつつも、

「男なれば八代目の候補になるかもしれません」

「孫が八代目になるにしても二、三十年先の話ですよ」

と男同士先走った話をしばらく続けた。

「そうか、建具屋の三男坊を忘れておったわ」

という四郎兵衛の言葉に首肯した幹次郎は、

「七代目、こちらの一件がうまく進むようなれば、それがし、本日から明日の夜見世まで仕事を休ませていただけませんか」

と願った。

四郎兵衛の和んでいた顔つきが変わった。

「津島道場に揉めごとなどはなさそうでしたな。だが、神守様がそう申されるのならばそう騙されておきましょうかな」

四郎兵衛は幹次郎の言葉を信じていなかったのか、あるいは調べさせたのだろうか、さらに質した。

「その一件、汀女先生はご存じでしょうな」

「いえ、姉様も承知しておりませぬ」

「なに、神守様おひとりの考えで動いておられますか」

「はい」

と答えた幹次郎だが、この一件は薄墨太夫が承知していた。だが、薄墨の名を持ち出せば伊勢亀半右衛門の病が知れる可能性もあった。

「それがしの一存で動いております」

との幹次郎の言葉に訝しい表情を作った四郎兵衛が、

「時が来ればお話しいただけますな」

と念を押した。

「それはもう必ずや」

幹次郎の返事に四郎兵衛が首肯して許しを与えた。

幹次郎が柘榴の家に戻ったとき、玉藻と正三郎が縁側に座り、玉藻の膝に乗せられた黒介と遊んでいた。ふたりの間には和やかな雰囲気が漂っていた。

(この分ならば大丈夫だな)

と幹次郎は安堵した。

「あら、神守様、柘榴の家にお邪魔しております」

玉藻が笑みの顔を幹次郎に向けた。もはや慎一郎を幹次郎が始末したときの険しい感情は顔から消えていた。

「お話はうまくいきましたか」

「あとはお父つぁんを説得するのが難題だわ。神守様の仕事だけど」

「それが、七代目はすでにご存じです」

えっ、と正三郎が不安の声を漏らした。

幹次郎は事の顚末をふたりに告げ、

「おふたりで七代目に直ぐにもお会いなされ」

と勧めた。

「うちのお父つぁんたら、せっかちなんだから。正兄（しょうにい）さんと私が所帯を持つなんて決まってもないのに孫の話だなんて」

玉藻は幼いとき、正三郎を正兄さんと呼んでいたのか、そう言った。

「では、おふたりにはその気はございませんので」

玉藻が正三郎を見た。

「正兄さん、どうなの」

「玉藻様はおれでよいのか。建具屋の三男坊でさ」

「神守様、幼いとき、私が廓の外で遊んでいていじめっ子にいじめられていると正兄さんがいつも助けてくれたわ。大門の内と外では全く世界が違うのに、そのことを気にしなかったのは正三郎さんだけよ」

幹次郎は、正三郎も玉藻も育ちや身分や立場を超えて谷底を見ずに跳んだのだと思った。

「番方とお芳さんは廓の中で生まれ育って夫婦になった。玉藻様と正三郎さんは廓の内外で育ち、これからの半生をともに過ごすようだな」

「はい」

と玉藻が上気した顔で返事をした。

「七代目にふたりの笑みを見せてあげなされ」

「神守様、わっしは仕事着のままだ」

と正三郎はそのことを気にかけた。

「仕事人が仕事着でいるのは当たり前のことだ」

と幹次郎は返事をした。

「神守様、お供をしていただけますね」

玉藻が尋ねた。

「姉様はどうしたのだ」

「料理茶屋を放ってはおけないもの。私たちの代わりに料理茶屋の仕込みに行かれたの」

「ならば、正三郎さん、玉藻様、ここからはふたりだけで七代目にお会いして、誠心誠意お願いなされ。われら夫婦のお節介はこれまでだ」

幹次郎はふたりに話しかけ、黒介を玉藻の膝から抱き上げた。

二

幹次郎は隅田村の丹頂庵をふたたび訪れた。

昼下がりの刻限で手には風呂敷包みを提げていた。玄関で医師のひとりに会い、訪いを告げると、

「半右衛門様は殊の外加減が宜しくておられます。どうぞお通りください」

と許しの言葉を述べた。

ということは幹次郎の訪いを予測して、幹次郎が来れば奥へ通せとの意が玄関先にも伝えられているのであろう。

幹次郎は和泉守藤原兼定と風呂敷包みを両手に提げて、廊下を奥へと進んだ。すると、日の差し込む縁側に綿入れを着た伊勢亀半右衛門が脇息（きょうそく）に身を凭せかけて、庭の桜を見ていた。

丹頂庵の桜は七分咲きか。

庭の向こうには隅田川が光って穏やかに流れていた。

「半右衛門様、お邪魔致しました」

半右衛門の顔がゆっくりと幹次郎に向けられ、削（そ）げ落ちた顔に笑みが浮かんだ。痩せ衰えていたが、気分は悪くないのか寝床から起き上がっていた。

「今日辺り、神守様がお見えになると思うておりました」

「本日は泊まりがけで押しかけました」

「それは嬉しい」

頰がこけた顔に笑みが広がった。

奥から若い娘が幹次郎に座布団を持ってきて縁側にきちんと座り、半右衛門の傍らに静かに置いた。

奉公人と思える娘の躾は行き届いていた。病人の神経を苛立たせぬように落ち着いた挙動で無言を通した。だが、幹次郎には会釈をなした。

「半右衛門様、山口巴屋の料理人頭に工夫をさせた食べ物をお重に詰めて持参致しました」

「ほう、重吉の料理が最後に食べられますか。それは嬉しい」

幹次郎はお重を娘に差し出すと、娘はふたたび会釈して丁重に受け取った。

幹次郎は座布団の上に半右衛門を真似て胡坐をかき、兼定を傍らに置いた。

「桜は七分が見物するのに一番見ごろでございますな」

ゆっくりだが、半右衛門の言葉はしっかりとしていた。

「満開になれば散るだけだ。桜吹雪は寂しいでな」

「本日はお加減が宜しいようで、それがし、安堵致しました」

「桜を愛でるのに朝桜、夕桜、あるいは夜桜と表わしますが、昼桜とは当たり前過ぎるのか季語にもないようです。こうして遠くに隅田川や江戸をおぼろに見ながらの昼桜も悪くない」

本日の半右衛門は饒舌だった。

「あまりお話しになりますと疲れませぬか」

幹次郎が半右衛門の体調を気にした。

「神守様、命を点すものはすべからく、最期の瞬間を前にして燃え上がるものです。半右衛門の命運も尽きたということです。伊勢亀半右衛門、この里桜といっしょに散ります」

「いえ、そうは思えません」

幹次郎の反論に笑みで応えた半右衛門が、

「吉原はどうですか」

と話柄を振った。

おそらく薄墨太夫のことを尋ねているのだろう。

「吉原も桜の季節ながら穏やかなものでございましてな」

と前置きした幹次郎は、わざと薄墨には触れず、玉藻と料理人正三郎の話をゆっくりとした口調で話して聞かせた。

「おや、神守様は玉藻様の月下氷人を務められますか」

「われら夫婦、僭越ながらおふたりの後押しをしたに過ぎません。互いが互いの身を考えるあまり一歩踏み出せずにおられましたから。身のほど知らずのお節介です」

「で、上手くいきそうですか」

「今ごろ四郎兵衛様にふたりしてお会いしておられましょう」

幹次郎の言葉に半右衛門が頷いた。

「四郎兵衛さんに倅ができそうですな」

「はい。玉藻様のよき理解者になりましょう」

「かようなことはお節介とは言いませんぞ」

と半右衛門が言い、

「よい話を聞かせてもらいました」

と続けた。

幹次郎はしばし間を空けた。

「薄墨太夫は半右衛門様と会えぬことを覚悟し、無念のお顔にございました」

「神守様、私と薄墨、吉原の客と遊女の域を出ませんでしたな。そなたゆえ正直に申します。突き出し以来、客と遊女の関わりはございました。だがな、薄墨はこの半右衛門にすべてを許したわけではありません、当たり前のことですがな。薄墨が心を許した男は、神守幹次郎様おひとりです」

「それはございますまい」

と反論した幹次郎に、

「年寄りの勘はなかなかのものでしてな」

と半右衛門が笑い、

「それでも薄墨の身は気にかかる。神守様、薄墨がそなた夫婦に願うことが出てくるかもしれませぬ。いや、薄墨にはそなたらしかおりませぬ。その折りは」

「どのようなことでも神守幹次郎と汀女は致します」

「安堵しました」

と半右衛門が頷くと里桜に視線をやった。

医師が縁側に姿を見せた。

「花冷えをお医師どのが気にかけておられます」

と幹次郎が半右衛門に告げた。

「いや、このまま神守様と話がしていたい。床に臥せるのはもう十分じゃでな」

と幹次郎に半右衛門が我儘を言った。

医師がいったん姿を消した。

しばらくすると最前の娘が手あぶりを運んできて半右衛門の傍らに置いた。

「あや、あの品を」

半右衛門が娘に命じた。

「畏まりました」

と立ち上がったあやと呼ばれた娘が奥に下がり、寝間の向こう座敷から大小を捧げ持ってきた。

「神守様、惜別の一品です、受け取ってくれませぬか」

「それがしへの惜別の品ですと。となれば、頂戴する時節が少しでも遅いほうがようございます」

と幹次郎は断わった。

「いえ、今がその時節です。まず気に入るかどうか、手にしてご覧なされ」

半右衛門の勧めにあやの手から黒蠟色塗鞘大小拵えを幹次郎は受け取った。

幹次郎はただ無言でその重みと拵えの見事さに目を奪われていた。

柄は大小ともに白鮫皮を着せ、目貫と縁は、赤銅魚子地と見事な造りだった。

幹次郎がこれまで見たこともない大小の拵えだった。

ただ脇差にしては刃渡りが短かった。

「拝見してようございますか」

幹次郎は思わず半右衛門に言っていた。

「むろんのことです。そなたの持ち物ゆえな、勝手気ままに扱いなされ」

幹次郎は、いったん娘に大小を戻し、改めて大刀だけに手を掛けると、桜の花に向かって捧げた。

鞘尻を虚空へと向け、鯉口を切って刃を抜いた。

まず幹次郎の目に、しっとりとした地鉄小杢目が飛び込んできて刃文濤乱、錵が深い刃は言葉に表わしようもない一剣だった。

幹次郎は、反りは二分（約六ミリ）、刃長二尺三寸七、八分（約七十二センチ）と思える刃を言葉もなく見ていた。

「どうですか」

「どなたの作刀か分かりませぬが、吉原会所の裏同心風情の持ち物ではございませぬ。されど眼福でございました」

「たしかにさる大名家の持ち物でしたがな、借財のかたに置いていかれました。もはや代替わりしておりますで、うちの持ち物です。いや、今は神守幹次郎様の守り刀、男を守る刀が吉原の女子を守るのが時の流れです」

「半右衛門様は、銘を承知でございますか」

「古刀ではないそうです。新刀五畿内摂津津田近江守助直に間違いございませぬ」

刀剣の鑑定家に調べさせたのか、半右衛門の返事に確信があった。

「神守様、最後に頼みがございます、お笑いくださるな」

「なんでございましょう」

「半右衛門、死の覚悟はついております。ですが、あの世とやらに参ったことがございません。同じ拵えの脇差長谷部國信を守り刀にして三途の川を渡るならばどれほど心強いか。神守様、この半右衛門の前でその大小、助直と國信を使うてみてはくれませぬか。さすれば國信に神守幹次郎様の魂が宿りましょうからな、なんとも心強いかぎりです」

「承知致しました」

あやに玄関先で脱ぎ捨てた履物を願った幹次郎は、その場に立ち上がると己の脇差を抜き、代わりに脇差の國信を腰に差した。

脇差の刃長は一尺一寸五分（約三十五センチ）ほどか。そして、津田近江守助直を手にしたとき、あやが幹次郎の草履を運んできて沓脱石の上に置いた。

「足労をかけた」

と娘に幹次郎が声をかけたとき、千太郎が女房と半右衛門の孫と思える男の子ふたりと娘ひとりを連れて姿を見せた。

「おお、壱之助、次郎次、園、よう来たな。爺の傍に座れ」

半右衛門が命じた。

庭に下りた幹次郎と千太郎は会釈し合った。

「親父様、なにを神守様に願われた」

「倅、まあ、見てみよ。神守幹次郎様の腕前をな」

「えらく上機嫌に見えますが」

千太郎が半右衛門の加減のよさを反対に案じた。

医師たちも縁側の隅に座って幹次郎の挙動を眺めながら、半右衛門の体調を観察しようとしていた。

幹次郎は津田助直を腰に差し落とすと、まず里桜の老木に一礼した。そして、丹頂庵の縁側に並んだ半右衛門、千太郎夫婦に孫の三人、あや、そしてお医師たちに向き合った。

「伊勢亀半右衛門様の守り刀長谷部國信に魂を入れんと、神守幹次郎、拙き技をご一統様にご披露申し上げます。八百万の神様、わが願い聞き届け給え」

半右衛門に向かって正対した幹次郎は胸の中で、

「西方浄土への旅が恙なきように」

と願った。

その上で、

「加賀国に伝わる眼志流居合術」

と流儀を告げた。

幹次郎の両足が開き、腰がわずかに沈んだ。

瞑目すると無念無想に心身を置いた。

長いとも短いとも知れぬ不動の時が流れた。

変化は不意に訪れた。

幹次郎の左手がまず津田助直の鯉口にかかり、右の拳がだらりと下げられた。

一瞬の間のあと、右手が腹前に伸びて白鮫皮の柄を握ると一気に抜き上げた。

見物する者の目には拳が柄に掛かった瞬間まで動きが見えたが、そのあとは幹次郎の腰から光が奔って虚空を切り分けたのが感じ取られただけだ。

見物する者には刃の動きがゆったりとしているようにも思えた。だが、実際は刃が一条の光になって円弧を描いていた。

「横霞み」

幹次郎の口からこの言葉が告げられた。

ふたたび鞘に助直が戻された。

幹次郎は流派を問わず剣術の基となる太刀形七本をゆったりと使ってみせた。

ゆったりした動きながら一瞬の遅滞もなく隙が見出せなかった。

一礼した幹次郎は、

「小太刀三本」

と告げると、脇差の長谷部國信が鞘走った。

刃渡り一尺一寸五分（約三十五センチ）ほどの國信も虚空に伸びて光と変じ、

「浪返し」

と告げられた。

幹次郎は不動の姿勢から里桜の老樹に向き直った。

折りしも風が吹き、七分咲きの花びらがはらはらと舞った。

止められていた國信に幹次郎が動きを与えた。

散りゆく花びらが國信の刃にひとつ二つ両断されて、ゆっくりと地表に落ちていった。さらにふたつ三つ、花びらが倍に増えて散った。

半右衛門をはじめ、見物する者すべてが息を呑んで、舞いが如き小太刀捌きを見た。

幹次郎が半右衛門に向き直り、

「桜の精を湛えた國信が伊勢亀半右衛門様の守り刀にございます。もはや何物も恐れる要はございませぬ」

と言うと鞘に納めた脇差を半右衛門の手に渡した。

受け取った半右衛門が、

「神守様、もはやこの世に思い残すことはございません」

と言い切った。

「千太郎、お高、夕餉には早いが、花見をしながら酒を呑まぬか」

半右衛門が思いがけないことを言い出した。

「親父様、酒は体に悪かろう」

「この期に及んでいいも悪いもあるか。山口巴屋の重吉が作ったお重を神守様が手土産に持参なされた。ほれ、あや、この場で花見を致しますぞ」

と半右衛門が言い、千太郎が医師たちを見た。

「千太郎様、半右衛門様のお好きなようにおさせなさいませ」

御典医の桂川甫周の高弟井戸川利拓が告げた。

「ならば花見の仕度を」

千太郎の言葉で丹頂庵の縁側が花見の場へと変わった。

三代の伊勢亀の身内と幹次郎に医師たちまで加わった花見になった。

重吉の作ったお重には、桜鯛(さくらだい)の焼き物があった。

「重吉め、わしの好みをよう承知じゃ」

と嬉しそうに笑い、あやが取り分けた桜鯛を少し口にした半右衛門は、酒を舐(な)めるように呑み、

「美味いな、末期(まつご)の酒は」

と言った。

「親父様のこの元気はどこから来たのか」

と千太郎が訝しんだ。

「私ども蘭方医には生死を司(つかさど)る力などございません。ただ病人のお気持ちに寄り添ってわずかな延命を授けるだけにございます。正直申しまして半右衛門様がかようにもお話しになり、楽しそうなお顔を見るのは初めてのことです、われら、ただ驚きです。これは偏(ひとえ)に神守様とお会いになった日からのことです」

「神守様が親父様に命を授けられた」

「千太郎どの、それは違います。半右衛門様の願いがそれだけ強く、神仏がそのことをお聞き届けになられたからでしょう」

「千太郎、わしの命運は尽きた。その最期のときを楽しく過ごすのも悲しゅう過ごすのも、その人次第ではないか。神守様がな、別れは楽しくあれと無言のうちに命じられたのよ」

宴はゆるゆると夕刻まで続き、浅草御蔵前の伊勢亀の親類か女衆が姿を見せて、

「えっ、病人様は花見にございますか」

と驚いた。

「病人が花見をなしてはならぬということはあるまい。お医師たちも匙を投げた半右衛門じゃぞ。皆の喜ぶ顔を見ながら別れがしたいのだ」

と半右衛門が女衆に応じた。

幹次郎も医師も千太郎も、半右衛門が今宵の花見で命を失うことを承知していた。

賑やかな花見も六つ半（午後七時）過ぎには終わった。

半右衛門は床に戻ったが、眠ろうとはしなかった。

千太郎と幹次郎のみが半右衛門の傍らに残った。病人がそう望んだからだ。

三人は夜半まであれこれと話した。

井戸川医師が九つ（午前零時）過ぎに脈を診た。

家の者らが呼ばれた。

幹次郎は枕辺を彼らに譲った。

医師たちが囲み、その時が来るのを待っていた。いや、皆勝手に半右衛門にあれこれと家であった出来事を話しかけたりした。それを半右衛門が楽しげに聞いていた。

伊勢亀半右衛門の死は、未明のことだった。

医師が脈を診た。

半右衛門は、皆に無言で別れの挨拶をすると幹次郎に視線を預け、

「頼む」

と無言で願うと、ことり、と息を引き取った。

穏やかにも静かな死だった。

医師が合掌して下がり、女衆が半右衛門の体を湯灌して、死装束に着替えさせた。

幹次郎は守り刀の長谷部國信を半右衛門の胸に載せた。

粋伊勢亀　桜とともに　旅立ちぬ

幹次郎の胸に思いついた五七五が散らかった。

三

幹次郎は、黒羽織に袴姿で大門を潜った。

伊勢亀半右衛門が身罷った未明から三日後の昼前のことだ。

その朝、柘榴の家に戻った幹次郎は汀女に、

「心配かけましたな」

とまず告げた。

自らの大小の他に二口の刀を提げた亭主に、

「事が終わりましたか」

と尋ねた。

むろん汀女は「事」がなにか承知していたわけではない。

「終わりました」

と答えた幹次郎は、

「まず四郎兵衛様にお会いして事の次第を話したい。その結果次第では、柘榴の家を退転することになるかもしれぬ」

と穏やかな口調で言った。このところ再三吉原会所の四郎兵衛の指図を離れてひそやかに行動せざるを得なかった。それはむろん吉原のためになると思っての行動だった。だが、独断であったことに変わりはない。

「仕度をしておきますか」

「いや、四郎兵衛様方と会ってからで、その仕度はよかろう」

「畏まりました」

と汀女は応じたのみで、小袖、黒羽織、仙台平（せんだいひら）の袴に着替えるように言った。

半右衛門の通夜（つや）から弔いは、伊勢亀の子夫婦や孫、親類、奉公人でも大番頭ら数人だけでひそやかに行われた。

半右衛門が当代の千太郎に命じていた遺言（ゆいごん）に従ってのことだ。

半右衛門の死によって札差百九人が、これまで筆頭行司として御蔵前を主導してきた伊勢亀半右衛門の跡目を巡り、伊勢亀派、反伊勢亀派と分かれての激しい争いが起こることを危惧したからだ。

半右衛門は、千太郎にこの争いから札差伊勢亀は距離を置け、と言い残していた。札差としては未だ若輩者の千太郎が伊勢亀支持派の新しい旗頭になって周りの海千山千の仲間に潰されることを半右衛門は恐れていた。

たとえ伊勢亀支持派が勝ちを得たとしても、ただ今の千太郎では両派の間で苦労するだけだと、父親は推察していた。それよりは、

「喪に服する」

との名目で新しい筆頭行司を巡る争いから身を退いて、醜い争いをとくと見ておけと、千太郎に言い残して逝ったのだ。その場に幹次郎はいた。

半右衛門の死後、千太郎と幹次郎はじっくりとそのことを話し合った。そして、亡き半右衛門の遺言を忠実に実行することで一致を見た。

千太郎ならばのちのち父親が長年務めてきた筆頭行司の地位に就くことは容易であると考えられた。

幹次郎も半右衛門の遺言と千太郎の判断は間違いではないと考えていた。

江戸の札差なくして公儀も三百諸侯もその財政運営が成り立たないほど、財

力は巨大なものだった。その札差を束ねる筆頭行司の力は絶大だった。野心や名誉欲だけで務まらないことを半右衛門は身をもって承知していた。

己亡きあと、新しい筆頭行司を巡り、争いが伊勢亀に及ぶことも考えられた。

その折りは幹次郎に、

「後見を頼む」

と当代の子息の前で半右衛門は言い残していた。

幹次郎は、丹頂庵の近くにある毘沙門天多聞寺の新しい墓に半右衛門の骸が埋葬されたのちも丹頂庵に数日留まり、伊勢亀の跡目八代目半右衛門を継ぐ千太郎や大番頭らとともに向後のことを話し合っていた。

そして今朝方、丹頂庵を離れて柘榴の家に戻ったのだ。

汀女が仕度を整える間に、幹次郎は半右衛門から預かっていた分厚い書状を披いた。予測されたことだが、幹次郎に宛てた文とは別にもう二通同封されていた。

一通は薄墨に宛てたもので、二通目は三浦屋の主の四郎左衛門への文だった。

幹次郎に宛てた書状は、死後の始末を頼むもので、千太郎の後見を願うことを書状でも言い残していた。

三通の書状を小袖の懐にしっかりと入れた。その様子を汀女は見ていたが、なにも尋ねはしなかった。

吉原会所の腰高障子を開けると仙右衛門と目が合った。

「おや、会所を覚えていたようですな」

と仙右衛門が皮肉を言った。

「すまぬ。長いこと無断で留守を致して」

幹次郎の言葉に仙右衛門は、

「四郎兵衛様は奥にいなさるぜ」

という言葉で応じた。

「お目にかかろう」

幹次郎の身形と表情で、幹次郎の無断ともいえる欠勤が異常な事柄に絡んでのことだと、仙右衛門にも推測されたのだ。そこでまず四郎兵衛に面会せよと言っていた。

奥に通った幹次郎だったが、直ぐに四郎兵衛とともに会所を出ていった。

「番方、神守様は一体全体なにに関わっていたんだろうね」

小頭の長吉が訊いた。

「考えもつかぬな。だが、吉原に関わりがあることだけはたしかだろう。仲之町の奥へと四郎兵衛様といっしょに向かわれたもの」

仙右衛門が答え、

「まあ、神守様がいない間に大事が起こらなかったことが救いだったぜ」

と言い足した。

幹次郎と四郎兵衛が訪れた先は吉原の大見世三浦屋だった。

朝の間に会所の七代目と裏同心の神守幹次郎ふたりが訪ねてきたのだ。奉公人にも尋常ではないと察せられた。ふたりは直ぐに帳場に通された。

「なんぞ起こりましたか、七代目」

四郎左衛門が座についた四郎兵衛に早速尋ねた。

「三浦屋さん、私は付き添いだ。用件は神守様が話しなさる。かくいう私も全く知らぬことだ」

四郎兵衛が応じて四郎左衛門が幹次郎を見た。

「四郎左衛門様、恐縮至極にございますが、この場にもうひとり同席をお願い申します。そのあとすべてをお話し致します」

「だれですな」

「薄墨太夫を」

四郎左衛門がしばし沈黙したあと、女将の和絵（かずえ）に薄墨を呼ぶことを命じた。

帳場に三人の男が残された。

「七代目、このところ神守様の姿がなかったが、そなたの与り知らぬことだったのか」

「いや、一夜外泊したいという断わりはもらいましたが、かように何日も留守になさるとは思いもしなかったし、どこにどうなされていたかも承知しておりませんでしたよ」

ほう、と四郎左衛門が答えたところに女将が薄墨太夫を伴ってきた。

薄墨は、幹次郎の顔を見て、

はっ

としたように廊下で立ち竦んだ。

「薄墨、神守様が用事だそうだ。どうやらそなたは神守様の用事を察しているようだな」

と四郎左衛門が質した。

薄墨が座敷に入り、座につくと女将が帳場の障子を閉め切った。

沈黙がしばしあったあと、薄墨が幹次郎を見て、

「お亡くなりになりましたか」

と問うた。

「はい。三日前の未明に笑みの顔で身罷られました」

薄墨の両目が潤んだ。だが、涙を流すことには耐えた。

「申し上げます」

と幹次郎が前置きした。

「伊勢亀半右衛門様が身罷られましたので」

「なんと、伊勢亀の大旦那が」

「なにも聞いておらぬぞ」

四郎左衛門と四郎兵衛が口々に言った。

「札差筆頭行司の伊勢亀半右衛門様の病は、札差仲間に諸々の憶測やら波紋を呼びましょう。ゆえに半右衛門様は極秘の療治をさるところでなされていたのでございます。このこと、薄墨様は半右衛門様からの文で最近知らされ承知でございました。そこで半右衛門様への返書をそれがし、薄墨太夫に託され伊勢亀を訪ねました」

「神守様が薄墨の文使いをなさった」

と質す四郎左衛門に頷いた幹次郎は、伊勢亀を訪ねた以後の行動を、死の様子を含めて克明に話した。

薄墨を除いてその場の者は、伊勢亀半右衛門の病も死も全く承知していなかったから驚きは格別だった。

薄墨はただ耐えていた。

幹次郎は懐から二通の書状を出すと、薄墨と四郎左衛門に差し出し、

「病床の半右衛門様に初めてお目にかかった折りに預かった、それがしに宛てた文に同封されていたものにございます。それがしに宛てた書状はしっかりと封印されておりまして、半右衛門様から死後披くように固く命じられておりました」

幹次郎は自らに宛てられた文を一座に見せた。

「読ませてもらいましょう」

四郎左衛門が呟き、封を披いた。

薄墨は迷いを見せたのち、

「私はあとで読ませてもらいます」

と一座に許しを乞うた。

「なんと」

四郎左衛門が驚きの言葉を漏らし、さらに最後まで読み続けて、長い沈黙のあと、深い息を吐いた。

「おまえ様、伊勢亀の大旦那の文になんと認められてございましたか」

と女将の和絵が訊いた。

「うむ」

と応じた四郎左衛門だが、直ぐには口を開かなかった。だが、幹次郎を見て、

「神守様はご承知か」

と質した。

「それがしの書状には伊勢亀のことしか認められてございません。ですが、半右衛門様の死後、当代の千太郎どのとあれこれと話し合いましたゆえ、その中に出てきた話のひとつかと推量はつきます」

四郎左衛門が首肯し、

「なんとね、半右衛門の大旦那は薄墨太夫を身請けなされた」

「亡くなった客が遊女を落籍とは」

四郎左衛門の言葉に四郎兵衛が驚きの顔で応じた。

一方当事者の薄墨は、
はっ
とした表情を一瞬見せた。だが、そのあとはどう考えてよいのか分からぬ顔で茫然自失していた。

「おまえ様、伊勢亀の大旦那が薄墨を身請けすると申されたかえ」

と和絵が問うた。

「そういうことだ」

薄墨はなにも言葉にしなかった。

「私に宛てた文には、薄墨の落籍をしたい。身請け金は三浦屋の言いなりでよい。この身請けの相談方は伊勢亀とうちと双方ともに神守幹次郎様を指名するとある」

「驚きましたな」

四郎兵衛が幹次郎を見た。

「七代目、なにも話せなかったのはかくいう事情にござった。されど七代目の指図を無視する結果になったのはそれがしの判断にございます。この始末はいかようにもお受け致します。汀女には、柘榴の家の引っ越しもあることだけは伝えておきました」

「神守様、お尋ね致しましょうか。こたびの一件、吉原によかれと思うて動かれたのではございませぬか。それともなんぞ己の利で動かれましたか」

「伊勢亀の半右衛門様が吉原の上客であったことは承知しております。ゆえに病の床についた半右衛門様からの願いは吉原のためになることと判断致しました。他に利など考えてもおりませぬ」

「ならば、神守様は会所の務めを立派に果たしたことになる。なぜ柘榴の家を出ていかねばなりませんな。あの家はそなた方夫婦が命を張り、汗を掻いて得たものです、だれのものでもございません」

四郎兵衛がきつい口調で幹次郎を諭した。

「有難いお気遣い、神守幹次郎、痛み入ります」

「おまえ様、薄墨の落籍話について、身請け人伊勢亀の相談方は神守様で、落籍される側のうちの相談方もまた同じ人物とはどういうことですか」

「半右衛門の旦那は、この機会に薄墨を大門の外に出す気なのだよ。神守様、そうでございましょう」

四郎左衛門が幹次郎を見た。

「伊勢亀の当代千太郎どのからもいつなりとも身請け金を支払うとの言葉がございました」

「神守様、そなたというお人は男も女子もその気持ちをしっかりと捉えて離さない御仁ですな」

と四郎兵衛が漏らし、

「半右衛門様の信頼をこれほどまでに摑むお方が吉原会所におられる」

と四郎左衛門が続けた。

「私はどうなるのでございましょう」

薄墨が呟き、幹次郎に視線を留めた。

「あとは三浦屋の主どのと女将さんの決心次第です」

ふっふっふふ

と三浦屋四郎左衛門が笑い出した。

「伊勢亀と三浦屋の相談方だけではございませんな、薄墨の心強い味方も神守様が兼ねておられる」

「ふうっ」

と和絵が溜息(ためいき)を吐(つ)いた。

「ただしこの一件、伊勢亀の当代からはなんの話もございません。当代から身請けの話があって金子が差し出されたときに薄墨の落籍は決まることです、おまえ様」

男だけで進む身請け話に女将が釘を刺した。

「おまえ、伊勢亀の半右衛門様の遺言があり、神守様がこうして伊勢亀の代理に立ってこられ、会所の七代目も立ち会っておられる。金の話はないが、この話は決まったも同然だ。私に宛てられた半右衛門様の文は身請け証文と同じです」

四郎左衛門が女将にきっぱりと反論した。しばし考えていた女将が、

「うちの稼ぎ頭がいなくなりますか」

「そういうことだ」

そんな問答を聞いていた薄墨が、

「大門の外に出ても帰るべき屋敷はございません」

と哀しげに呟いた。

幹次郎は迷った末に言った。

「薄墨様、姉様と相談なされ。柘榴の家にしばらくいて、廓の外の暮らしをゆっくりと取り戻されることです」

「さようなことができましょうか」

薄墨の顔が弾けるような笑顔に変わった。

「姉様が断わるとは思えません」

「かような身請け話は初めて聞いた」

と四郎兵衛が笑い出し、

「神守様は伊勢亀の当代の後見方も務められますか、多忙なことで」

と笑った。

「今ごろ、伊勢亀の店の表戸に忌中の通告が貼り出されておりましょう。浅草御蔵前の札差連中の間に蜂の巣を突いたような騒ぎが起きておりましょうな」

「しばらくは伊勢亀に詰められますな」

「当代の千太郎どのも大旦那様と同じ人情も義理も分別もお持ちの方です。新しい筆頭行司に名乗りを上げないとなれば、伊勢亀が騒ぎに巻き込まれることは、まずございますまい」

と幹次郎は己の考えを述べた。

「いえ、伊勢亀派には人材がおりませぬ。いつかの騒ぎを思い出してご覧なされ。となると千太郎さんを神輿に担ぎ上げようとする輩が必ず現われます」

「それを阻むのは千太郎どのの務め」

「それもこれも後見方の神守様が後押しなされてのことです」

と四郎左衛門が言い、

「和絵、薄墨の証文を出しておきなされ。伊勢亀さんの喪が明けたら、あちら様と話し合いましょうかな」

と女将のほうを見た。そして、

「いや、その要はございませんな。神守様にすべてお任せ致します」

と言い直した。

幹次郎は、生前の半右衛門と話して、薄墨には三浦屋に精々二、三百両の借財しかないことを聞かされていた。となると、その金子を伊勢亀が出せば薄墨の年季証文を買い取れるということだ。薄墨はこれまで身請け話を断わり、三浦屋の稼ぎ頭の役を果たしてきた。三浦屋の大看板がいなくなることをどう考慮すればよいのか。

「承知致しました」

と幹次郎が受けると、

「話が決まるまで勤めを続けますか」

と薄墨がだれにとはなしに訊いた。

「もはや客を取る要はございません。楼で寝泊まりするのが嫌なれば、今晩から神守様と汀女先生の家に厄介になりなされ」

薄墨が長いこと沈思し、

「旦那様、女将様、今宵最後の花魁道中をしとうございます。これほどのことをなさってくれた半右衛門様への薄墨の弔いの花魁道中です」

「それは殊勝(しゅしょう)、弔い道中を桜の中で楽しみなされ」

四郎左衛門が薄墨に許しを与えて、薄墨は、一座の四人に深々と頭を下げた。

四

浅草御蔵前通りの天王橋際にある札差筆頭行司、伊勢亀の表戸が閉じられ、

「忌中」

の貼り紙が出された。そして、三日の喪に服し、その間、店を休むことが貼り紙に通告されていた。

すると途端に伊勢亀の北側に店を構える天王町一番組赤地屋(あかじや)松五郎(まつごろう)方の番頭留(とめ)

蔵(ぞう)が通用口から顔を覗かせて、

「吉蔵さん、忌中の貼り紙を見たが、どなたに不幸がございました」

と大番頭に話しかけた。

「ああ、赤地屋さん、突然のことで驚かれたでしょうな。隠居の半右衛門が亡くなりましてな、当人の遺言に従い、すでに内々の弔いを済ませました。奉公人も知らされずの隠居の病と療治でしてな、代替わりした当代の半右衛門に願って、かように本日から三日間の喪に服する旨の通知を貼り出しましたところでございますよ」

「えっ、このところ千太郎さんらの顔をお見かけしないとは思うておりましたがさようなことがございましたので。半右衛門様は常に変わらずお元気そうに見えましたがな。もっともそれは三月前のことでしたか」

「正直申し上げますとその三月前に、お医師の診断で隠居が不治の病に罹っていることが分かりました。余命三月から半年との宣告に隠居ゆかりの地でひそやかに療治に努めておりましたが、三日前の未明に『十分に生きた』と満足して身罷りましたのでございますよ」

赤地屋の番頭の留蔵がなにかを言いかけて考えを変えたか、

「弔いも済んだ、と申されましたな」

と念を押した。

「はい、いかにもさようです」

「しかしそれでは御蔵前のお仲間が納得しますまい」

「先代の半右衛門は、皆様に別れの言葉を遺すことなく逝くのは礼を欠く行いと承知しておりました。だが、急激に体も顔も衰えましてな、若いうちは歌舞伎役者に似ておると評判のお顔が見苦しいほどにやつれました。そのせいで家の者にさえなかなか会おうとはなさりませんでした。

むろん私も最期にちらりとお目にかかっただけです。それにもはや隠居の身、我儘を通させてくれと密葬を強く願われましたので、かような仕儀に至りました」

「伊勢亀半右衛門様の弔いなれば、御蔵前通りに長い行列ができましょうに」

「隠居は、死者が生者に迷惑をかけるのは宜しくない、私は商人でした、商人が商いに差し支えるようなことをしてはならぬと、身罷ったあとの処置を当代に厳しく言い残しておりましてな」

「待ってくだされ。伊勢亀半右衛門様は自らのお店の実権は千太郎さんに譲られたゆえ、たしかにご隠居の身にございました。されど百九組の札差を束ねる札差筆頭行司のお役には就いておられましたぞ」

「先代半右衛門の悔いは元気なうちに札差筆頭行司を返上しなかったことに尽きまする。ただ今伊勢亀の八代目になる千太郎が公儀の御蔵奉行笹村五左衛門様に辞職の願いを差し出し、そののちに天王町組、片町組、森田町組三組の行司方を次々に回って、伊勢亀半右衛門の死と札差筆頭行司の返上を申し上げておるところです」

頷いた留蔵が、

「密葬なされたと言われたが、御蔵前で弔いはなされないのでございますか」

「最前も申しましたが先代の強い要望にございます。お許しくだされ」

と答えられた番頭は、

「なんとも返事のしようがございませんよ。巨星墜つ、の感ありでございますな」

赤地屋の留蔵が首を傾げながら姿を消した。

話は一瞬にして浅草御蔵前通りの札差に広がった。

表戸を閉じた伊勢亀の忌中の貼り紙に合掌する者や、勝手に線香を手向ける者や花を供する者で賑わった。

そんな折り、裏口から伊勢亀八代目に就いた千太郎改め半右衛門が戻ってきた。

その直後、御蔵前通りに慌ただしい騒ぎが起こった。

身罷った伊勢亀の先代の札差筆頭行司の辞職を受けて、新たなる札差筆頭行司に天王町組の板倉屋傳之助(いたくらやでんのすけ)、片町組の上総屋彦九郎(かずさやひこくろう)、森田町組から十一屋嘉七(じゅういちやかしち)などが次々に名乗りを上げて、仲間を募る行動を直ぐに起こし始めたのだ。

一方で、三組の上に立っていた伊勢亀半右衛門の跡継ぎたる八代目半右衛門を押し立てる伊勢亀派の面々が伊勢亀に強引に押しかけ、なんとか当代に面会を求めたが、大番頭の吉蔵が、

「喪に服しておりますゆえ、どなたにもお会いになりませぬ」

と断わった。

「大番頭さん、他の組がすでに動いているんだよ。この機を逃したら伊勢亀の力は失われますぞ」

と強い調子で迫られたが、

「うちの当代は先代の遺言に従い、この度は筆頭行司へ就く意思は全くないそう

にございます」

と八代目への面会を許さなかった。

この日の夕方、御蔵前界隈に、

「身罷った半右衛門様が筆頭行司をだれぞに譲るという委任状を遺されておるそうな。それがこたびの新しい筆頭行司の行方を決めることになる」

との風聞が流れ始め、新たな筆頭行司就任に意欲を燃やす各派の面々が疑心暗鬼を募らせた。

幹次郎は浅草寺門前並木町の料理茶屋山口巴屋を訪ねていた。

「おい、幹やん、姉様に内緒で他に女でも囲ったか」

茶屋の外を流れる石組みの疏水の掃除をしていた足田甚吉が声をかけてきた。疏水の流れには桜の花びらが混じっていた。

「さようなことを冗談にせよ、表にて大声で告げるでない、甚吉」

幹次郎と足田甚吉は豊後岡藩の長屋に育った幼馴染だ。

幹次郎は下士、甚吉は中間だったが、幹次郎が人妻になった汀女の手を引いて逃げたあと偶然にも再会し、吉原に拾われた幹次郎と汀女の口利きで長屋を世話してもらい、そこで知り合ったおはつの手づるで外茶屋の相模屋、そして相模屋が潰れたあとは、料理茶屋山口巴屋に移って男衆として働いていた。

「姉様はおられるな」

「おお、玉藻様もお出でゆえ台所で今宵の料理の仕度をしておられるわ」

「会うて参る」

幹次郎は、山口巴屋の台所の入り口へと回り、裏戸を引き開け敷居を跨いだ。

「おや、幹どの」

汀女が直ぐに幹次郎の姿に目を留めた。

その場に玉藻がいた。

幹次郎が玉藻と正三郎に一歩踏み出せと使嗾した日から数日が経過していた。

玉藻が幹次郎に会釈した。

「玉藻様、四郎兵衛様と話されましたな」

「はい」

との短い返事に事が上手くいったことが感じ取られた。

「よかった」

と返事をした幹次郎は、

「あれこれあってすべてが中途半端になっておる」

と言い訳しながら汀女に視線を戻した。

「伊勢亀半右衛門様が身罷られたそうな。幹どの、そのことに関わっておられたとか。存じませんでした」

「姉様、すまぬことをした。だが、この一件、四郎兵衛様もご存じないことで、それがしの独断で動いたことなのだ」

「それで柘榴の家を出ていかれる折り、事の次第では引っ越すことになると申されましたか」

幹次郎は頷いた。

「汀女先生の亭主どのはなぜに男衆にも女衆にも頼りにされるのでございましょうね。私どもも神守様に後押しされて、なんとかかたちになりそうです」

と玉藻が言い、

「天王橋際の伊勢亀さんは喪中で店を休んでおられるそうな」

とさらに語を継いだ。

「身罷られた半右衛門様は札差を束ねる筆頭行司のままにあの世へと旅立たれました。ゆえに、当代の半右衛門様も大忙しでございましょうし、御蔵前界隈は大変な騒ぎでございましょうな」

大半の直参旗本が札差に禄高を何年も先まで押さえられていた。また公儀も三百諸侯の多くも札差に借財を負っていた。

その札差を長年束ねてきた筆頭行司先代伊勢亀半右衛門の死は、幕政を左右しかねない意味を持っていた。

「姉様、相談がある」

「これ以上、なんでございますな」

と汀女が答えた。

「先代の半右衛門様は死に臨んでもうひとつの大事をそれがしに頼んであの世に逝かれた」

「なんでございましょう」

「薄墨太夫の身請けだ」

思いもかけない幹次郎の言葉だったようで、ふたりの女の顔が強張った。

汀女と玉藻が顔を見合わせ、

「なんと薄墨様が籠から飛び立つことになりましたか」

「だって半右衛門様は亡くなったのよ。死人が身請けするなんて初めて聞いたわ」

と言い合った。

「三浦屋の主どのも四郎兵衛様も驚いておられた。それだけ半右衛門様は薄墨太夫の行く末を気にかけておられたのだ」

「さようなことまで、幹どのは半右衛門様から託されたのですね」

汀女の問いにしばし黙考した幹次郎が応じた。

「そういうことだ」

「薄墨様はいつ大門を出られます」

汀女の問いに幹次郎が答えた。

「今宵最後の花魁道中を亡き半右衛門様の霊に捧げたあと、着替えをなされ、加門麻として晴れて廓の外へと出ていかれる」

「驚きました。おめでたい話ではございませんか」

「汀女先生、三浦屋さんは稼ぎ頭を失うのよ」

「そうでしたね」

玉藻の危惧に汀女が困った顔で答えて幹次郎を見た。

「三浦屋さんは快く薄墨太夫の身請けを承諾された。これよりそれがし伊勢亀に参り、四郎左衛門様のお許しを伝える」

「で、幹どのの相談とはなんでございますな」

「しばらく柘榴の家で加門麻様の身柄を預かってはならぬか、身請け証文には引受人が要るのだ」

「それで幹どのが加門麻様の身許引受人になられた」

こんどは汀女がしばし沈黙し、笑みに顔をほころばせ、

「薄墨様は私の妹のようなお方です。嬉しい話です」

と答えた。

「薄墨太夫は、これから先も吉原で暮らす覚悟であったのだ。それが急にかような身請けが決まった。四郎左衛門様方の前で、余計なこととは思うたが、薄墨様は加門家のお屋敷にはもはや戻る場所はないと申されたのでな」

「それで幹どのが加門麻様の身許を引き受けられ、わが家へと勧められたのですね」

「早計(そうけい)であったか」

「幹どのらしい考えです。されど世間は驚かれましょうな」

「加門麻様には向後のことを考える日にちが要ろう」

「承知しました、幹どの」

汀女の潔い返事に、

「安心致した。それがし、これより伊勢亀に参る。そのあとのことだが、薄墨太夫の最後の花魁道中を玉藻様、姉様、ふたりいっしょに見物できぬか」

と誘った。

「引手茶屋山口巴屋はどれほど薄墨太夫に世話になったか。むろん見物、いえお迎え致します、汀女先生も妹御の晴れ姿を見てあげてください」

「こちらの店は」

「料理人頭と正三郎さんに今宵だけは任せておきましょう」

と以前の口調に戻った玉藻が言うと、重吉と正三郎を呼んでその旨を伝えた。

「薄墨太夫のいない吉原は寂しくなりますね」

重吉の返事だった。

「たしかに薄墨は傑出(けっしゅつ)した太夫だったわ。美貌も見識も人柄も申し分なかった。だけど吉原は次々と新たな太夫を生み出してきたの、きっと三浦屋さんは新たな太夫を育て上げるわ。差し当たって薄墨の抜けた穴は、高尾太夫が頑張るしかないわね」

これが引手茶屋の女主の返事だった。

正三郎が幹次郎に無言のうちに一礼した。過日の礼なのであろう。

「薄墨太夫もこちらのおふたりも新たな旅立ちをなさる。おめでたいことだ」

幹次郎はそう言うと料理茶屋の台所から立ち上がった。


幹次郎が浅草御蔵前通り、天王橋際の伊勢亀の表戸の前に立つと、なんとその場に焼香台が設けられ、次々に合掌して線香を手向ける人が並んでいた。

先代の伊勢亀半右衛門の人柄を偲んでのことだろう。

幹次郎は新堀川に架かる天王橋の河岸道から伊勢亀の表門へと回った。そこへは伊勢亀の手代がふたり並んで立ち、奥に通ろうとする人を、

「喪中」

を理由に丁重に断わっていた。

「神守幹次郎と申す」

と格子戸の内側に立つ手代に声をかけると、頷いた手代が格子戸を引き開けた。

石畳の向こうに表玄関があった。そこにも番頭がひとり控えていたが、幹次郎のことを承知か、

「ご案内します」

と西に傾いた日差しがこぼれる内庭を囲むようにつけられた回り廊下を通って八代目の半右衛門がいる座敷に案内された。

「ご苦労でございましたな」

七代目の死後、すっかり伊勢亀の主の風格と落ち着きを増した半右衛門が言った。

「三浦屋さんも薄墨太夫も身請けを承知なされました」

「では、身請け金を手代ふたりに持参させますゆえ、三浦屋四郎左衛門さんに届けてくれませぬか。むろん正使は神守様です」

半右衛門の視線が床の間にいった。

包金が山になっていた。

「千両用意してございます」

「薄墨太夫の借財は三百両を下回りましょう」

「神守様、薄墨の体面料です。三浦屋さんが少ないと申されれば、不足の金子は用意致します」

半右衛門が鷹揚にも言った。

二十五両包みを二十個ずつ、孟次郎と春蔵という手代ふたりに風呂敷に負わせ、幹次郎は大門を潜った。

「おい、裏同心、薄墨太夫が身請けされたことを承知か」

血相を変えた面番所の村崎季光同心が尋ねた。

「一体だれが身請けしたんだ」

「はて、だれにございましょう」

幹次郎は吉原会所前に立つ仙右衛門に会釈すると仲之町を進んだ。

夜見世は四半刻（三十分）後に始まるにも拘わらず、どこでどう聞きつけたか、「薄墨が最後の花魁道中をなす」

と知った素見連や客たちがいつもより多く集まっていた。

三浦屋では直ぐに帳場に通された。

ふたりの手代は風呂敷包みを帳場に置くと、玄関にて待ちますと幹次郎に言い残して帳場から姿を消した。

長火鉢の前に四郎左衛門と女将のふたりがいた。

「伊勢亀様から薄墨太夫の身請け金を預かって参りました。お受け取り願えますか。風呂敷の中身は包金四十、千両と聞いております」

「神守様、ご苦労でした」

と快く受けた四郎左衛門が、身請け証文を幹次郎に差し出した。

幹次郎は受け取ってその文面を読んだ。

支配家三浦屋抱遊女薄墨の事

此度相定申候に付門外身寄之者へ引渡し遣し候間大門無相違可被通候事

寛政三年二月二十八日　　京町一丁目名主　三浦屋四郎左衛門

大門　四郎兵衛どの

書式に則った身請け証文ではなかった。

身請け証文は、身請けする貰主の他に、請人がふたりか三人いて、抱えの楼主三浦屋四郎左衛門宛てにまず認められた。だが、貰主の伊勢亀半右衛門は身罷っており、当代の半右衛門は喪に服していた。

そのことを踏まえた上で四郎左衛門は、大門の出入りを取り締まる四郎兵衛に薄墨の勝手次第を告げる証文を認めたのだ。

「この証文、薄墨太夫にお渡し致しましょうか」

「薄墨はただ今花魁道中の仕度の最中にございましょう。大事な身請け証文、身寄りたる神守幹次郎様の手から四郎兵衛様に渡してくだされ」

「承知致しました」

幹次郎は、三浦屋の主夫婦に深々と礼をすると、

「そなた様に借りができましたな」

と四郎左衛門が言った。

「借りなどなにもございませぬ。われら夫婦、吉原に拾われた身、吉原を幸運にも出る太夫の手助けができて嬉しく思いました」

四郎左衛門と幹次郎は視線を合わせ、頷き合った。

「神守様、今後とも宜しゅうお付き合いくだされ」

との言葉に送られて幹次郎は玄関に待つ伊勢亀の手代、孟次郎と春蔵のもとへと行った。

すでに三浦屋の玄関先では花魁道中の仕度が整って主の薄墨の出を待つばかりだった。

「用事は終わった」

「ではこれにて」

と失礼しようという手代らに、

「今宵の花魁道中は、先代伊勢亀半右衛門様を供養する薄墨太夫の最後の道中なのだ。そなたらも見物して、いや、供養に付き合うのも奉公人の務めのひとつであろう。当代の半右衛門様にはそれがしからあとで許しを乞うでな」

ぱあっ

とふたりの手代の顔が喜びに変わった。

第五章　旅立ち

一

幹次郎と伊勢亀の手代ふたりは、待合ノ辻まで戻ってきた。

京間百三十五間の仲之町にはいつもより大勢の客や素見がいた。その上、吉原で暮らす蜘蛛道の住人までもが薄墨太夫の最後の花魁道中を見物せんと押しかけていた。

仲之町の桜が風にはらはらと散っていた。

幹次郎は手代らを、

「会所の中から見物していきなされ」

と連れ込んだ。

「大変な人出ですぜ」

小頭の長吉が緊張の顔で言った。若い衆はすでに配置についていた。

「新入りの姿が見えませぬが」

「澄乃か、格別な役を命じておいた」

「新入りに格別な役目ですと」

長吉が怪訝な顔をした。

「なにもなければよいがな」

幹次郎が長吉に応じてさらに伝えた。

「三浦屋さんではすでに道中の仕度を終えておられる。あとは薄墨太夫の出を待つだけであった。なんとしても恙なく薄墨太夫を送り出すことがわれらの務めじゃ」

「へえ」

手代を広土間に残し、奥座敷の四郎兵衛のもとへ向かい三浦屋四郎左衛門から預かってきた身請け証文を差し出した。

「四郎左衛門様も女将さんも得心なされたようだな」

「当代の伊勢亀半右衛門様は、身請け金として千両を差し出されました」

「さすがは遊び上手な先代の遺言かな。薄墨太夫の借財は精々二百五十両を超える程度にございましょう。薄墨太夫はふだんから慎ましやかな暮らしをなされた上に、馴染客がどなたも伊勢亀の亡き大旦那に負けず劣らずの上客にして、物分かりのよい方々でした。薄墨に節季節季の付け届けを怠らず、薄墨もまた過分の金子を受け取るようなことはなされませんでしたからな。当座暮らしていく金はお持ちでしょう」

と応じた四郎兵衛が身請け証文を受け取り、

「たしかに薄墨太夫はもはや三浦屋の抱えではございません。加門麻に戻ったお方の身許の引受人は神守幹次郎様、そなたが務められますな」

と念を押した。

「もし七代目に異論がなければ」

「そなたは亡き伊勢亀の大旦那の代理人、なんの異論がございましょうか」

四郎兵衛が身請け証文の文言を確かめると文箱に収めた。

「七代目、ひとつお願いがございます」

「なんですな」

「身請け金を運んできた伊勢亀の手代衆ふたりですが、亡き先代の供養のために捧げる花魁道中を見物させてやりとうございます。会所の二階からひそかに見物させてもらうことは叶いませぬか」

吉原会所の二階はふだん使われることはない。

だが、今宵の花魁道中は大勢の客がいた。

ふたりの手代に亡き先代への格別な供養を静かな場所から見させてやりたいと幹次郎は思ったのだ。また事情の分からない読売屋や素見の中に、

「なんだ、喪中の伊勢亀の手代が花魁道中をのんびりと見物しているぜ」

などと誤解を生むことを幹次郎は懸念して、四郎兵衛に二階からの見物を願ったのだ。

当然、見物した道中の模様は、当代の伊勢亀半右衛門に告げられるはずだ。

「すでに汀女先生らが二階におられます。手代さんを上にあげなされ」

四郎兵衛が許しを与えて手代ふたりが会所の二階へ通った。

「神守様、なにが起こってもいけませぬ。今宵の花魁道中、格別な警固を願います」

そう言った四郎兵衛の視線が幹次郎の見慣れぬ刀にいった。

黒蠟色塗鞘大小拵の一剣だ。柄は白鮫皮、目貫も縁も赤銅魚子地だった。

「四郎兵衛様、この刀、亡き半右衛門様の形見の品にございます。半右衛門様は、この津田近江守助直と同じ拵えの脇差を守り刀にあの世へと向かわれました」

幹次郎の言葉に頷いた四郎兵衛が、

「つくづく神守幹次郎様というお方は、人の気持ちを開かせるお人柄ですな。先代の伊勢亀半右衛門様が神守様だけを別れの場にお呼びになった理がなんとなく分かります」

としみじみと言った。その口調の背後には、先の御蔵前の騒動で緊密な信頼関係を結んだ四郎兵衛の別れを告げられなかった悔しさがあった。

「四郎兵衛様、道中見守りに出ます」

と答えた幹次郎は奥座敷から広土間に向かった。

そこには長吉に代わって仙右衛門ひとりだけが残っていた。

「まさか神守様が伊勢亀の大旦那の最期に立ち会っていたとはな」

仙右衛門が信じられないという表情で言った。

「成り行きなのだ」

「不思議な御仁ですぜ」

「四郎兵衛様から同じような言葉を言われた。それがし、吉原に拾われて天職に巡り合ったのだ。それだけのことだ」

「そう聞いておきましょうか」

仲之町の奥から、
わあっ！

という歓声が上がった。

ふたりが会所を出ると、最前よりさらに多くの男たちが仲之町の両側に何重もの列をなして薄墨太夫の見納めとなる道中を見ようと集まっていた。

幹次郎は、五体を突き刺すような「眼」を感じ取った。このところ幾たびか感じていた「眼」だが、今宵は殺気が込められていた。

「節季でもこうは人が出ないな」

仙右衛門が呟いた。

澄乃に格別な役を命じておいてよかったと思った。

会所の若い衆も引手茶屋の男衆も、さらには面番所の同心に御用聞きたちも薄墨太夫最後の道中を警戒せんと配置に就いていた。

幹次郎は、桜の花と鬼簾と花色暖簾を赤い万灯が浮かび上がらせる風景に視線をやった。その下に大勢の人びとが集い、

「今や遅し」

と待っていた。その中に、ひとりか数人か、殺意を持つ者が交じっているのだ。

「おい、裏同心」

と村崎季光が幹次郎に声をかけてきた。振り向くと、

「薄墨の身請けを裏同心がしたそうだな」

幹次郎が村崎の顔を見た。

「吉原会所の陰の者、裏同心風情がどのような手妻を使えば、全盛を誇った太夫の身請けができると言われるのです」

幹次郎の反問に、

「三浦屋が七代目に身請け証文を出したと聞いた。その金子を出したのはそなたであろうが」

幹次郎が笑った。

「天下の太夫を落籍する金子を村崎どの、お持ちですか」

「わしの俸給は三十俵二人扶持だぞ、何百両もの金子がどこにある」

「で、ございましょう。それがしとていっしょです」

「わしもおかしいとは思ったのだ。だがな、口さがない連中がそう言うておるし、

薄墨太夫が落籍されたのは真実であろうが」

「吉原の噂で半分も真の話がございますか」

「ないな」

と答えた村崎季光が、

「されどなにが起こっても不思議でないところが、この吉原だ」

「それもまた真実」

と幹次郎が応じたとき、
かちんかちん
と甲高い拍子木の音が仲之町の奥に響いた。

ふたたび、
おおっ!

という大歓声が響いた。

箱提灯を持つ男衆が姿を見せた。

その定紋は三浦屋のものではなかった。

伊勢亀の家紋が浮かんでいた。

「やっぱり薄墨は身請けされたのではないか」

なにかを感じたか、村崎が幹次郎に話しかけた。だが、もはや幹次郎の関心は他にいっていた。

箱提灯の若い衆の傍らに薄墨付きの禿と新造が続き、さらに三浦屋じゅうの新造、禿に囲まれ、長柄の傘を差しかけられた薄墨太夫が三枚歯の黒塗りの高下駄を外八文字にゆったりと回しながら仲之町へ姿を見せた。

すると今宵いちばんの大歓声が起こった。

薄墨の三枚に重ねた小袖も打掛も純白だった。

八月朔日(ついたち)の大紋日(だいもんび)は、仲之町の花魁道中は白無垢(しろむく)が慣わしだった。だが、今宵は桜の季節だ。

白無垢は、伊勢亀半右衛門を追善(ついぜん)供養する薄墨の気持ちだと、幹次郎は思った。

薄墨の形は、幅広の黒帯をきりりとした前帯で文庫に結んでいた。髷は下げ髪にして一本笄(いっぽんこうがい)を貫き、桜の枝を挿(さ)していた。

薄墨を囲む禿、新造たちの春めいた衣裳の中で一段と薄墨の形が際立っていた。

幹次郎は改めて、

「全盛は　花の中行く　長柄傘」

という川柳を思い出していた。

風に舞う桜の花びらが薄墨の白無垢の打掛に留まった。

「桜の季節に八朔の形かえ」

「黒帯の文庫も珍しいな」

「紅を刷いただけの顔がなんとも憂いを湛えているではないか。なんともいえない気品があるぜ」

と素見たちが言い合う中、花魁道中が仲之町の中ほどで歩みを止めた。

幹次郎は、新造の中に嶋村澄乃がいささかそぐわない新造の衣裳で加わり、ぴたりと薄墨の身を守っているのを確かめた。

なにが起こっても即座に対処できるのは花魁道中に加わる面々だ。

幹次郎が命じ、三浦屋四郎左衛門に許しを得てのことだった。

拍子木がふたたび仲之町に鳴り響いた。

一瞬、吉原から音が消え、静寂に包まれた。

「吉原仲之町におられるお客衆、はたまた妓楼、茶屋の衆、陰で支える奉公人衆に、太夫薄墨に成り代わり申し上げます」

と若い衆の声が発せられ、しばし間が置かれた。

「今宵の花魁道中は、亡き伊勢亀半右衛門様の追善供養として捧げられ、執り行われております。生前世話になった伊勢亀の大旦那様に感謝申し上げるとともに、吉原のご一統様にこれまでのお付き合い、お助けを深く感謝申し上げます」

薄墨太夫が深々と頭を四周(ししゅう)に下げた。

なぜかような口上(こうじょう)が述べられるか、若い衆の挨拶が理解できない見物客も大勢いた。

薄墨を見つめる殺気がさらに険しくなったと幹次郎は感じた。

幹次郎がいる七軒茶屋の一、山口巴屋から薄墨一行が足を止めた場所まで十数間(約二十数メートル)も残されていた。

殺気の主がこの瞬間動いたら、頼りになるのは嶋村澄乃だけだ。

幹次郎は津田近江守助直の鯉口を静かに切った。

「若い衆、薄墨は身請けされたのか」

と道中を見物する客のひとりが思わず尋ねた。

「いかにもさようでございます」

「身請けしたのはだれだえ。差し支えなければ教えてくれないか」

大工の棟梁(とうりょう)と思える客が尋ねた。

若い衆が薄墨を見ると、薄墨が頷き返した。

「亡くなられた伊勢亀半右衛門様の遺言で薄墨太夫は大門を出ることになったのでございますよ」

「なんだって、死んだ伊勢亀の大旦那が薄墨の身請け人か」

「はい」

しばし間があって仲之町を埋め尽くした人びとの間から静かな拍手が起こった。

その間に幹次郎は、薄墨太夫との間を詰めていた。

殺気の籠(こも)った眼差しの向かう先が幹次郎に戻っていた。

「ご一統様、今宵が薄墨太夫の見納め、最後の花魁道中にございます」

「薄墨太夫、幸せになりなせえよ。おれが応援しているぜ」

と若い客が叫び、薄墨が髷に挿した桜の枝を抜くとその客に投げた。

わあっ！

とまた沸いた。

花魁道中が再開された。

一行が待合ノ辻に到着した。

薄墨がくるりと仲之町に向き直り、ふたたび一礼した。長い感謝の礼に向かって拍手が送り続けられ、

「太夫、さあ、こちらへ」

と山口巴屋の玉藻が店へと案内した。だが、それはもはや客を待つ仲之町張りのためではなかった。

薄墨太夫が加門麻に戻る仕度のためだった。


加門麻が身請けされた祝いが引手茶屋の山口巴屋で行われた。

吉原の大見世の楼主や引手茶屋の主が集い、麻は最後の吉原の宵を過ごした。

そのとき、幹次郎は三浦屋にいた。むろん薄墨の楼主だった四郎左衛門は祝いの場に出ていた。

幹次郎を迎えたのは嶋村澄乃であった。

新造から女裏同心見習いに戻った澄乃に三浦屋の遣手のおかねが、

「おまえさんさ、会所の女裏同心よりうちの新造で十分にやっていけるよ。どうだい、今のうちに鞍替えしては」

と冗談とも本気ともつかず言った。

「おかねさん、薄墨様の代わりが務まりましょうか」

「そりゃ、無理だ。吉原三千人の遊女の頂に長年いなさったのが薄墨太夫だよ。

遊女になったからといって、松の位の太夫になど滅多に出世できるものか」

「ならば、私は吉原会所に勤めます」

「それがいいかもね」

とおかねも得心した。

「おかねさん、私が遊女になるのに足りないのは色気ですか」

と澄乃が反問した。

「いや、色気は惚れた男が現われれば、自然と滲み出てくるものだよ。今のおまえさんに足りないのは務めに対する覚悟だよ。その覚悟はね、吉原会所に勤めることだって同じだよ」

これがおかねの答えだった。

「覚悟が足りませぬか」

「おまえさん、神守様の動きを承知かね」

「いえ、私の役目は太夫を守ることでございましたから」

「まあ、無理もないね。会所に入り立てで周りが見えないのは分かるよ。だがね、神守様がどう動いておられたか、同じことが自然にできるようになるには年季がかかるよ」

どこで幹次郎の動きを見ていたか、おかねが突き放すように澄乃に言った。そして幹次郎を表土間の隅に連れていった。

「神守様、薄墨さんはね、着物から夜具まで新造や禿に残し、下働きの私たちに一両ずつの金をくだされて出ていかれたよ。その折り、急な話でなにも用意できなかったと詫びられてね」

と言ったおかねが、

「外で着る小紋なんぞの着物は、明日にも身許引受人の神守様の家に届けさせるよ」

頷いた幹次郎がおかねにひとつ質した。

「おかねさん、亡くなられた伊勢亀の先代が薄墨太夫を身請けする前に三浦屋に薄墨の落籍を強く願われた大身旗本がいたという話だが、その経緯を明かしてくれないか」

幹次郎の言葉におかねが、なぜ今ごろ、そのような問いをするのかと訝しい表情を見せたあと、

「おまえさんの胸に仕舞うということを約定してくれるなら教えよう」

と言った。その約束を必ず守ると答えた幹次郎はおかねが口にした名を頭に刻

んで三浦屋の表に出た。それは大身旗本ではなかった。その用人だった。

「今宵、全盛を極めた太夫がひとり吉原を去った。だが、われらの仕事はこれからも続く」

「はい」

と答えた澄乃と幹次郎は水道尻に戻り、京間百三十五間先の大門を振り返った。殺気は消えていた。

「神守様、今宵の役目はなにが足りませんでしたか」

澄乃が訊いた。

「いや、役目は十分果たした。薄墨太夫の最後の花魁道中が無事に終わったのだからな。なにごともなかったことが大事なのだ」

「おかねさんは、私に覚悟が足りぬと言われました」

「そなた、遣手の役目を承知か」

「いえ」

「大見世の三浦屋の遣手は、遊女ばかりではのうて、客がなにを考えているかまで承知しているのが務めなのだ。この吉原で何十年と生きてようやく人がなにを考えているか気持ちが読めるようになるのだ」

「はい」

と答えた澄乃と幹次郎はいつものように夜廻りを続けた。

二

幹次郎と澄乃が吉原会所の前に戻ったとき、山口巴屋から微醺を帯びた三浦屋四郎左衛門が姿を見せた。

「別れの宴は終わりましたか」

「終わりました。明日からうちは寂しくなります」

「四郎左衛門様、三浦屋には高尾太夫が残っておられます。薄墨様が抜けた穴は高尾太夫と、これから太夫に駆け上ろうとする新たな遊女が埋めてくれましょう」

「そうですね。新たな薄墨を育てることが私の務めでしたな」

「はい」

と答えた幹次郎に四郎左衛門が、

「つい最前、太夫は、いや、間違えました。加門麻様は汀女先生に案内されて神守様の家へ戻られましたよ。これまで多くの太夫を育て、その中には身請けされた太夫も少なくはございません。ですがね、薄墨ほど他の妓楼の主から身請けを惜しまれた太夫はございませんぞ。なにしろ他の楼の主が餞別を持ってこられた、前代未聞のことです」

と笑った。

「薄墨太夫の人柄でしょう」

と答えた幹次郎は、その場で四郎左衛門と別れ、吉原会所に入った。すると仙右衛門が、

「汀女先生と薄墨太夫は、いや、もう加門麻様と呼ばなきゃならないんだな」

とこちらも四郎左衛門と同じく言い間違えた。なにしろ急な話だった。だれもが混乱していた。

「呼び名はともかくふたりは仲良く柘榴の家に戻りましたぜ、吉原で全盛を極めた太夫と同じ屋根の下で寝るのは、どんな気持ちですね」

仙右衛門が幹次郎に質した。

「それがしは身許引受人だ、どんな気持ちと言われてもこれまで通りだな。うちにおられるのは、加門麻様が身の振り方を決められるまでの一時のことだ」

「わっしならばよ、とても安穏（あんのん）と寝てなんかいられまいな。御免蒙る」

「番方には目に入れても痛くないひながおるではないか」

「夜中に襁褓（むつき）を替える身にもなってみてくだせえよ」

「それ以上の幸せがあるか」

と言った幹次郎が、

「姉様と麻様は柘榴の家に着いたころか」

「駕籠に乗らず五十間道から山谷堀を歩いていきたいと麻様が言い出されましてな、金次を供につけてついさっき送り出したところです。神守様も柘榴の家に戻りたいですか」

「そうではない。薄墨太夫の最後の道中の折り、太夫を見張る嫌な眼差しを感じたのだ。まさかとは思うがあとを追ってみる。なにもなければ、会所に戻ってくる」

幹次郎が会所を走り出ると仙右衛門が、

「わっしも行きましょう」

と従ってきた。

提灯を提げ、風呂敷包みを負った金次が汀女と武家の新造のような江戸小紋に御高祖頭巾の麻のふたりに従って、山谷堀をゆっくりと歩いていった。

なにしろ吉原で頂点を極めたとはいえ籠の鳥であったことに違いはない。

加門麻は、解き放たれた身で、春の宵を満喫していた。

山谷堀には吉原に向かう駕籠や徒歩の客がいて、姉妹のような汀女と麻が並んで歩いていくと、おや、という眼差しをふたりの女に向けた。だが、まさか御高祖頭巾に素顔を隠したのが薄墨太夫だった女と気づく者はいなかった。

山谷堀の対岸に桜がほぼ満開に咲き誇って、夜風にはらはらと舞い散っていた。

「山谷堀に咲いた桜もよいものです。柘榴の家には桜はございませんでしたね」

「柘榴の家の庭の主は、柘榴と黒介です。でも来年のために幹どのと相談して桜の木を一本植えてもらいましょうか」

「汀女先生、伊勢亀の大旦那様の供養にぜひそうしてくださいまし」

「麻様、もはや先生と呼ぶのは可笑しゅうございましょう」

「ならば姉上ですか。私は妹ですから麻と呼び捨てにしてください」

「天下の、いえ、もはや太夫の位は廓の中に置いてこられましたな。幹どのはなんと呼びましょうかね」

と汀女が首を傾げ、ようやく浅草田町一丁目と浅草山川町の三叉に差しかかった。

金次が背中の風呂敷包みをひと揺すりして担ぎ直し、

「おりゃ、これだけ重い餞別を担いだことがない」

と溜息を漏らした。

「まさか他楼の主様方から祝い金やら餞別やらを頂戴するとは考えもしませんでした」

麻が驚きの言葉を漏らした。

「この重さだとな、何百両にもなるぜ」

と金次が野暮な言葉を吐いた。

「それは麻様、いえ、麻でしたね。そなたが吉原に万遍なく尽くしてきた証しです。ですからあのような気持ちのよい別れの宴になりました」

「姉上、明日からなにを致せばよろしいのでしょうか」

「しばらく体を休めなされ。なにも考えることなく伊勢亀の大旦那様を供養されることです」

「そうでした。私には伊勢亀の大旦那様を供養する務めが残っておりました」

と麻が答えて緩やかな坂を三人は下っていった。

柘榴の家は三丁（約三百二十七メートル）ほど先だ。

そのとき、汀女の足が止まった。

「姉上、なにか」

加門麻が汀女の視線を追った。

前方に三つの人影があった。

浅草寺境内の東側から浅草寺寺領の寺町を抜ける道だ。

吉原に通う客がふだんはいたが、その夜にかぎり六人の他に人影はなかった。

三つの影は、明らかに待ち伏せをしている気配を見せていた。そして、うちひとりは面体を隠して頭巾を被っていた。

「お武家様、この先に行かれると山谷堀に突き当たります。左に行けば、間違いなく見返り柳にぶつかります。そこを折れると五十間道だ、吉原の大門を見落とすことはございませんぜ」

と金次が相手に話しかけた。

だが、三人は無言だった。

「失礼を致します」

三つの影の傍らを汀女が背に麻を守るようにして通り抜けようとした。

「通さぬ、薄墨」

と頭巾の武家が言葉を漏らした。

その声に麻が身を竦ませ、

「末吉義左衛門様」

と漏らした。

「麻、ご存じのお方ですか」

汀女の問いに麻が、

「はい、さる旗本家の用人様にございます」

と返事をした。

そのとき、汀女は薄墨の身請けをしようとした人物だと察した。

「末吉様と申されますか。妹はすでに吉原と関わりなく市井の女子にございます。お通しくださいまし」

「死人が身請けをなすなどあってよいものか。この末吉を虚仮にしてくれたな。成敗してくれん」

と頭巾の男が刀の柄に手をかけた。

「薄墨太夫はもうこの世にはいない」

と従うふたりが前に出た。

「おい、どさんぴん、てめえら、侍だろうが。薄墨太夫はもうこの世にはいないんだよ。加門麻様という女子に変わられたんだ。無法をすると、てめえら、命を落とすことになるぜ」

金次がさらに汀女と麻の前に出た。

相手方との間は三間（約五・五メートル）となかった。

「面倒だ。ふたりを始末して薄墨を舟に担ぎ込むぞ」

頭巾の末吉がふたりに命じた。

「末吉様、そなたの主の元長崎奉行朝比奈昌始様は、ただ今公儀の新番頭を務めておられましたな。長崎でそなたがどのような手で遊女の身請けの金子を貯めたか、およそ想像がつきまする。汗水を流さずして貯め込んだ金子のことを主の朝比奈様はご存じでございましょうか。そなたの所業は、朝比奈様の体面にもかかわることです」

麻がはっきりとした口調で言い切った。

薄墨太夫を身請けしようとしたのは元長崎奉行の用人というのだ。麻の指摘は間違いではないと汀女は思った。

「そうかえそうかえ、長崎奉行を務めるとひと財産ができるというもんな。その家来がよ、肥前長崎で悪知恵を働かせて金を貯め込み、天下の吉原の太夫を身請けして囲うだと、お門違いも甚だしいぜ」

金次が大声を上げた。だが、生憎にも通りかかる人影はなかった。

「致し方ない、斬り捨てよ」

ふたりがまず刀を抜き放った。

「汀女先生と麻様を斬るなら、まずおれを斬ってみやがれ。腰に差した鈍ら刀で斬れるものかどうか、吉原会所の金次が見てやろうじゃないか」

金次は啖呵を切ったが、手にした提灯の灯りが震えていた。

「よし」

と刀を抜いたふたりのうちのひとりが金次、もうひとりが汀女へと間合を詰めた。

「そこまでだ」

と暗がりから声がした。

その声に汀女と麻が反応した。

「何者か、邪魔立て致すでない」

「吉原会所裏同心神守幹次郎」

と幹次郎が名乗り、汀女ら三人の前に身を割り込ませた。

「金次、ようやった」

と仙右衛門の声もした。

「番方」

と金次が震え声で応じた。

「魂消たね、長崎で悪稼ぎした金で吉原の太夫を身請けして囲うなんて話がまかり通ると思ってか。神守様、こやつら叩き斬っても、だれも文句はつけませんぜ」

仙右衛門の声が幹次郎を唆した。

「承知した」

幹次郎が伊勢亀七代目半右衛門の形見の品、津田近江守助直を抜くと、峰(みね)に返した。

「こやつ、われらを蔑(さげす)みおるぞ、斬れ」

と頭巾の末吉が叫んだ。

もはやその声は冷静さを欠き、錯乱していた。

幹次郎は、左右に用心棒侍ふたりの仲間を等分に見た。その背後に末吉が刀の柄に手を掛けて控えていた。

幹次郎は末吉が居合を使うと見た。主の朝比奈が公儀の武官たる新番頭というだけに用人の末吉らもそれなりに腕に覚えがあるのだろう。

「参る」

との幹次郎の声に左の人物が、

「おう」

と呼応して踏み込んできた。

幹次郎の肩口に叩き込むような攻めだった。

幹次郎はその動きを見て峰に返した助直を手に右手に跳び、二番手に控えていた男の脇腹を強かに叩くと、骨が折れる音が響いて相手が崩れ落ちた。その次の瞬間には左に跳び戻って、空を切った剣を上段に振り被った相手の腰を強打していた。

一瞬にしてふたりが地べたに崩れ落ち、意識を失っていた。

残るは末吉義左衛門だけだ。

幹次郎は峰に返していた助直を鞘に戻した。

「おのれ、吉原の狗めが」

と末吉が吐き捨てた。

「居合の流儀はなにかな」

「長野無楽斎様創始の無楽流じゃ。吉原の用心棒には勿体ない」

「加賀国に伝わる眼志流居合にて相手しよう」

両者が間合一間（約一・八メートル）で見合った。

長い時が流れた。

風に金次の提げた提灯が揺れた。

その瞬間、ふたりが同時に踏み込んだ。

鞘走った二振りの刀が相手に向かって伸びていった。

面体を隠した頭巾が末吉義左衛門の視界を妨げていた。その分、抜き上げられた刀の動きに正確さを欠いた。

その隙を突くように幹次郎の助直が光に変じ、円弧を描いて相手の右手首に向かって伸びて腱を斬り飛ばしていた。

「嗚呼ー」

と悲鳴を上げて立ち竦み、末吉はぶらりとした右手首を左手で抱えた。

末吉の刀が落ちて、幹次郎が、

「横霞み」

と技の名を告げた。

呻き声と悲鳴が交錯した。

「金次、背の荷を神守様に渡しねえ。こやつらの始末はわっしらがつけようじゃねえか」

と番方の声がして、

「神守様、今日はもう汀女先生と加門麻様と家に戻りねえ」

と幹次郎に言った。

「有難く受けよう」

仙右衛門が手拭いを懐から出すと手際よく末吉の血止めを始めた。

「番方、こやつら、舟を山谷堀口辺りに待たせていよう。その船頭の身柄を押さえておくことだ」

「合点だ。末吉だけを連れて相庵先生のもとへ船頭といっしょに連れ込むぜ」

腱を斬られた末吉は武官たる新番頭の配下として働くことはもはや無理であろ

う。仙右衛門は、ともかく柴田相庵の診療所に連れていき、治療を受けさせると言っていた。

「この刻限だ。相庵先生の機嫌はよくあるまいな」

仙右衛門が呟いた。

「酒も呑んでおられよう。手首を斬り落とすことにならねばよいがな」

幹次郎の言葉に末吉が悲鳴を上げた。

「案ずるな。相庵先生は酒が少々入ったからといって、そなたの治療を間違えることはない。それに若い医師菊田源次郎先生もお芳さんもおられる。そなたの手を治療できるのは、この界隈ではそこだけだ」

痛みに呻く末吉義左衛門が、

「は、早く医者のもとへ連れていけ」

と願った。

「おまえさん、その程度の度量で吉原の太夫を身請けしようというのが土台無理な話なんだよ。よし、血止めは済んだ。わっしらに大人しく従え」

仙右衛門が末吉の腰から空の鞘と脇差を抜いた。

「その大小はそれがしが預かっておこう」

無腰になった末吉の姿はなんとも惨めだった。

「頼む、早く医者のもとへ連れていけ」

「慌てなさんな。まずおめえが太夫を連れていこうとした舟に案内するんだよ。舟で山谷堀に上がれば柴田相庵先生の診療所は近いからな」

と言い聞かせた仙右衛門と金次が末吉を両脇から囲んだ。

「このふたり、どうします」

と金次が峰打ちに意識を失った両人を見た。

「案ずるな。そのうち気がつこう」

幹次郎の言葉に仙右衛門が、

「長い一日だったぜ」

と呟き、

「番方らはその一日が終わっておらぬ」

「そういうことだ」

と吉原会所のふたりが言い合った。

「頼む。一刻も早く医者に連れていってくれ」

末吉が懇願した。

仙右衛門が加門麻に視線を送ると、

「麻様、長いことご苦労にございました。今晩からお幸せな道を歩んでくださ
れ」

「番方、有難うございました。これからもお世話になります」

加門麻が深々と頭を下げて、仙右衛門に礼を述べた。

幹次郎は助直の血振りを丁寧にすると鞘に納め、末吉の大小と大きな風呂敷包みを抱えた。そしてふたりの女を伴って柘榴の家へと向かった。

三

その翌朝、朝湯に浸かった神守幹次郎は、その足で吉原へと向かった。

汀女も麻もおあきまでもがまだ寝ていた。

黒介だけが幹次郎を見送った。

というのは、柘榴の家の幹次郎ら三人が眠りに就いたのは未明のことだったからだ。

昨夜、騒ぎのあと柘榴の家に戻った三人をおあきと黒介が迎えた。おあきは汀

女ひとりだと思っていた。が、なんと幹次郎と御高祖頭巾の女の連れがあった。

黒介がみゃうみゃうと鳴いて、加門麻に甘えるように寄り添っていった。

「黒介が珍しいことをなすものよ」

御高祖頭巾を脱いだ麻が黒介を抱き上げた。

「おあき、今宵からうちに身内がひとり増えました」

汀女の言葉におあきがその顔をあらためて、

「ああ、薄墨太夫様だ」

と驚きの声を発した。

「おあき、もはや薄墨様ではありません、加門麻という名の私の妹です」

「加門麻様、ですか。吉原はどうなったのです」

「おあきさん、世の中には不思議なことが起こるものです。私、生涯吉原にて生きていくとばかり思うておりました。突然、本日神守様のお力で、身請けされて加門麻に戻りました。よしなにお付き合いくださいまし」

麻がおあきに答えた。

「は、はい」

驚くおあきに、

「ささっ、幹どの、麻、囲炉裏端に参りましょうかな。おあき、夕餉はなんですか」

「鮟鱇鍋です」

「えっ、鮟鱇を求めましたか」

若いおあきにそのような才覚があったことに汀女は驚いた。

「いえ、料理人の正三郎さんが鮟鱇鍋の具をすべてお持ちになり、下拵えもしていかれました」

「過日のお節介のお礼でしょうか」

と汀女が微笑んだ。

「なんぞお節介をなされましたか」

麻が汀女に訊いた。

汀女が玄関先で掻い摘んで玉藻と料理人正三郎に起こった話をした。

麻が幹次郎を見た。

「幹次郎様は、伊勢亀の大旦那様の最期にお付き合いなされながら、さようなことまで気を配っておられましたか」

と驚きの言葉を発した。

「それがしの尻を姉様が叩かれたゆえ、山口巴屋の湯殿の中でな、四郎兵衛様に掛け合いをなしたのだ」

ふっふっふふ

と嬉しそうに笑った麻が、

「姉上、幹次郎様、柘榴の家の仏壇を借り受けてようございますか」

と願った。

「そなたの家です、好きなようになされ」

汀女が許しを与え、麻が黒介を下におろすと、一度訪ねたことがある柘榴の家の仏間へと廊下を歩いていった。

汀女も幹次郎も、麻が伊勢亀半右衛門からの文を位牌（いはい）代わりにして柘榴の家の仏壇にお参りするのであろうと推量した。

「幹どの、囲炉裏端におられませ。着替えを持って参じます」

汀女が居室に向かった。

幹次郎は金次から渡された風呂敷包みを提げて囲炉裏のある台所の板の間に入っていった。

「旦那様、座布団をもう一枚敷いておきます」

「囲炉裏を囲んで四人が向き合うように暮らすことになったな」

「うちのお父つぁんがこのことを知ったらきっと腰を抜かします」

とおあきが笑った。

「当分の間、柘榴の家に加門麻どのがいることは内緒にせよ、おあき」

「はい」

とおあきが返事をして鉄鍋を自在鉤に掛けた。

三人の女と幹次郎の四人は鮟鱇鍋を囲んで酒を呑みながら、談笑が尽きることがなかった。

だれもが胸の中で格別な夜だと承知していた。

吉原から遊女が出るには、三つの途しかなかった。

過酷な暮らしに病を発症して死亡してのことか、苦界十年といわれる年季を勤め上げてか、幸運にも身請けされてかの三つだ。

全盛の薄墨太夫は亡くなった伊勢亀半右衛門の遺言で身請けをされた。末吉のような野暮天侍と所帯を持つわけでもなく、妾として囲われるわけでもないのだ。

もはや加門麻は、吉原という籠から大空へと解き放たれたのだ。

おあきが眠りに就いたのが九つ過ぎのことだった。だが、幹次郎と汀女は興奮を抑えても抑え切れない麻の相手をして、夜明け前までこれからのことなどを話し込んだ。

幹次郎は汀女を真ん中にして麻といっしょに三人並んで床に就いた。

麻がそう望んだからだ。

「私が幼いころ、父上と母上、弟といっしょに四人で寝たものです。加門家の短くもいちばん幸せな日々でございました」

と麻が告白した。

「麻、このような暮らしでよければ、いつまでもこの柘榴の家に留まりなされ」

「はい、姉上」

と応じた麻の声は素直にも安堵に満ちていた。

幹次郎が大門を潜ると、

「おや、眠そうな顔をしておるな」

と面番所の前から声がかかった。むろん南町奉行所隠密廻り同心村崎季光だ。

「どうだ。同じ屋根の下に身請けされた薄墨太夫が寝ている感じは」

「ひと晩じゅう、話をしておりました。ゆえにかように眠そうな顔をしております」

幹次郎が答えると、

「おい、裏同心どの、そなたの目を覚ます出来事が待っておるぞ」

と嬉しそうな顔で言った。

「なにごとが起こりました」

「そなた、会所を追放されるやもしれぬな。いささか手を広げ過ぎたからな、自業自得であろう」

村崎の言葉には答えず会所の戸を押し引いて土間に入った。すると奥から怒鳴り声が響いてきた。

「四郎兵衛、公儀の新番頭をどう考えておる。甘くみておらぬか」

幹次郎は昨夜の一件の反応が早表われたか、と思った。

四郎兵衛の応ずる声はない。

土間では長吉らが息を潜めて怒鳴り声を聞いていた。

「末吉義左衛門はどこにおるのだ。最前から何度同じ問いを繰り返させる」

と同じ声が怒鳴った。

江戸幕府の新番は、将軍直属の軍団のひとつだ。近習番とも称される、五番方のひとつ新番の武官を率いたのが若年寄支配の新番頭だ。

城中では中之間詰、二千石高、布衣以上の役職であった。将軍の近習衆だけに腕が立つ面々が新番に与していた。

末吉義左衛門は長崎奉行朝比奈昌始の用人として長崎に同行し、またその後職の新番頭でも直属の配下にいたと思われた。

どうやら朝比奈自身か、番頭のひとりが末吉の行方を問い質しに会所に来ていると思えた。

幹次郎は、

「ただ今出勤致しました」

と奥座敷前の廊下に座して挨拶した。

無言の四郎兵衛の前にふたりの武家がいた。そして、座敷の隅に仙右衛門が控えていた。

「おお、参られましたか、神守様」

四郎兵衛が声をかけた。

「この者が吉原会所の裏同心か」

武家方のひとりが幹次郎を睨んだ。

「こやつが新番頭朝比奈様の用人末吉義左衛門を勾引したか」

「はい。神守幹次郎にございます」

とさらに質した。

「どなた様にござろうか」

幹次郎が平静な声でだれにともなく訊いた。

「新番一組番頭笹森宗繁である。またこちらにおわすは末吉どのの主、新番頭朝比奈昌始様だ」

朝比奈は長崎奉行を勤め上げたのち、新番頭に転職していた。

新番頭自ら老練な番頭を従えて会所に乗り込んできたのかと改めて幹次郎は、思った。

「七代目、事情はご説明なされましたか」

「いえね、最前お出でになられたばかりでな、神守様の家に迎えを立てたのですが、どうやら行き違いになったようです」

と四郎兵衛が平然と答えた。

「この者が末吉を勾引したというのは真か」

初めて朝比奈が声を発した。

「朝比奈様、いささか事情が違うておるようです」

「どういうことか、四郎兵衛。事と次第によっては吉原会所を取り潰す力を新番頭朝比奈、持っておる」

「できますかな」

と四郎兵衛がこんどは淡々と答えた。

「なにっ」

と笹森が激高し、傍らに置いた刀に手を掛けた。

「およしなされ、愚かにも刀で決着をつけようとして末吉様はドツボに嵌った。まずは私どもの話を聞かれませぬか、朝比奈様」

四郎兵衛の落ち着きぶりに圧倒されたように朝比奈が、

「申せ」

と命じた。

「その前に朝比奈様にひとつお尋ねがございます」

「末吉の一件と関わりがあることか」

「むろん末吉様自身のことでございます」

四郎兵衛の答えに朝比奈が頷いた。

「朝比奈家では吉原の遊女を身請けできるほど末吉様に給金を差し上げておられますので」

「四郎兵衛、吉原の遊女というてもいろいろであろう」

「薄墨太夫にございます」

「なに、末吉は薄墨を身請けしようとしたと申すか」

「はい」

と返答をした四郎兵衛がこれまでの経緯をすべて告げた。

長い話の途中から、朝比奈と笹森の顔が見る見る険しさを増した。ときに罵り声さえ漏らした。

「薄墨太夫は昨日、札差伊勢亀のご隠居の遺言で落籍されて、もはや吉原にはおりませぬ」

「薄墨が身請けされたとな」

朝比奈が末吉の身請け話とどう関わるのかと訝しい顔をした。

「ちなみに薄墨の落籍の金子は、千両と三浦屋から聞かされております」

「なに、千両」

「それほどの大金がかかる薄墨を身請けしたいと何度も三浦屋の主四郎左衛門様

に末吉様は訴えられた。失礼ながら末吉様に札差筆頭行司を務められた伊勢亀のご隠居に対抗するほどの大金がございましたので」

「あるわけもなかろう」

と朝比奈が吐き捨てた。

「まさか千両などという金子を末吉が所持しているとは思えぬ」

「となると、身請け金もなく末吉様は三浦屋に落籍を持ちかけられた。御免色里の吉原相手に騙りを働かれようとなされたか」

四郎兵衛の言葉に朝比奈は黙り込んだ。

「朝比奈様の前職は長崎奉行でございましたな。世間の噂では長崎奉行を勤め上げれば二代三代は安泰と言われておりますな」

「四郎兵衛、それは長崎奉行にはあれこれと特権が授けられておるからだ」

「御調物と称する異国の品を一部頂戴できる慣わしですな。それに八朔には長崎会所の地役人、商人からいろいろな贈り物がございます。それを京で売ると莫大な金子になるそうな」

朝比奈がなにか言いかけた。それを手で制した四郎兵衛が、

「そなた様のことを申し上げてはおりませぬ。そなた様の一用人どのが天下の薄

墨太夫の身請けを三浦屋に申し込まれたということはそれなりの金子をお持ちということでございましょうか」

四郎兵衛は最前とは違った言い方をした。

朝比奈は黙り込んで、しきりに思案していた。

「昨夜、落籍された薄墨太夫は私どもの許しを得て大門を出てゆかれました。そして、そこにおられる身許引受人の神守様のお宅に向かわれました。

その途次のことです。末吉様とふたりのお仲間が浅草田町一丁目にて待ち受け、神守様の女房汀女様と落籍された女性を勾引そうとなされた。その場には金次なるうちの若い衆が従っておりました。ゆえにかような説明ができます。末吉様方は無体にも汀女様と金次を殺そうとしてまでも元薄墨様に執着された。

そこへここにいる神守様と番方の仙右衛門が駆けつけたのでございますよ。勾引そうとしたのは末吉様、そのことをお仲間のふたりがそなた様方にどう言い訳致したか存じませんが、神守様によってふたりは峰打ちにて意識を失のうて地べたに不様に倒れ込んだ。

一方、末吉様は、得意のなんとか流の居合で神守様に襲いかかられましたが、反対に利き手の腱を斬られてしまわれた」

笹森が悲鳴のような声を漏らした。

「私どもの知り合いの医師、柴田相庵先生の診療所に担ぎ込まれて、手当てを受けられ、なんとか手を失うことは避けられました。もはや自慢の居合術は使えますまいな。末吉様にお会いになりたければ、柴田相庵先生の診療所に案内させまする」

朝比奈の顔色が真っ青に変わって、がくがくと頷いた。

「そのほうの話の証しはあるのか、一方的な話ではないか」

それでも笹森が反論した。

「笹森様、末吉様方は、昨日まで薄墨太夫と呼ばれていた女性を連れ込むための隠れ家を深川に設けておりましたので。そのために舟を用意しておりましたが、この船頭は、いつ何時なりとも吉原を監督する町奉行所にて証言すると言うております。不審ならば、私どもからお奉行に訴えますがな」

「ま、待ってくれぬか。われらが勘違いをしていたようじゃ。この一件、四郎兵衛、忘れてくれぬか」

朝比奈の言葉に答えるのに四郎兵衛は、しばし考えるふりをして間を置いた。

「ようございましょう。されど柴田相庵先生のもとにおられる末吉様を、応分の治療代を支払ったのち、引き取ってくだされ。末吉様を尋問なされればすべての疑念は晴れるはず。そのあと、煮て食おうと焼いて食されようと勝手になさいまし」

「公には致さぬな」

「そちら様の出方次第、最前忘れてくれと申された言葉を朝比奈様も肝に銘じてくだされ」

「相分かった」

と応じた朝比奈に、

「わっしが案内致します」

と沈黙を守っていた仙右衛門が立ち上がった。

三人が会所の奥座敷から消えたあと、

「ご苦労にございましたな」

四郎兵衛が幹次郎を労った。

「務めにございます」

その言葉に笑みで応えた四郎兵衛が、

「加門麻様は吉原の外での一夜、どう過ごされましたな」

「三人で明け方まで話し込みました。それがし、一刻と寝ておりませぬ」

「どうりでお疲れの顔だ」

「四郎兵衛様、昨夜の話の中で加門麻様からの願いがございました」

「なんでございましょう」

「麻様はもし許されるならば、自らの経験を生かして遊女衆に手習いごとを教えることを続けたい、とわれら夫婦に訴えられました。四郎兵衛様、いかがでございましょうな」

「さすがは全盛を誇った薄墨太夫の言葉かな。吉原の主立った名主方に相談してみますが、だれひとりとして異論は唱えられますまい」

四郎兵衛が言い切った。

四

春が去り、夏の季節に移っていた。

若緑が鐘ヶ淵界隈を覆っていた。

多聞寺池、あるいは丹頂池の水も白い日差しを受けてきらきらと輝いていた。

先代の伊勢亀半右衛門が眠る毘沙門天多聞寺は、天徳(てんとく)年間(九五七~九六一)に隅田川対岸の羽芝(はしば)(橋場)津頭千軒町に隅田寺として開創された古い寺だ。それが天正(てんしょう)年間(一五七三~一五九二)に今の多聞寺池のほとりに移ってきた。

いずれにしても徳川(とくがわ)幕府開闢(かいびゃく)以前から隅田川のほとりにあった寺だ。

また天正年間、住職が夢のお告げで本尊(ほんぞん)を毘沙門天としたと伝わる。

茅葺きの山門(さんもん)は、享保(きょうほう)三年(一七一八)に一度消失して再建されたものといわれ、屋根は苔むしていた。

この昼下がり、山門を一組の男女が潜った。

神守幹次郎と加門麻だ。

春告鳥(うぐいす)が鳴いた。すると一層この界隈の静寂が感じ取られた。

夏を迎えても木から木へ、枝から枝へと移りながら鶯(うぐいす)が上手に鳴いていた。

「鶯が未だ里におりますか」

ふつう鶯は春から初夏にかけて里に下り、そのあと山へと戻った。

「この界隈は緑多くて山深く、江戸に比べて季節の移ろいがだいぶ遅いようです」

「幹どの」

と麻が汀女を真似て幹次郎を呼んだ。

「吉原では昼夜問わず人の気配がしております。また万灯の灯りで鶯が警戒するのでしょうか。滅多に鶯の声を聞きませんでした」

「いかにもさよう」

言われてみれば、吉原で鶯の声を聞いた記憶がなかった。

「かように枝渡りしながら鳴き立てるのを流鶯(りゅうおう)と呼ぶそうです」

さすがに吉原で松の位の太夫を長年張ってきた薄墨だ、幹次郎が聞いたこともない言葉を承知していた。

ふたりは鶯の鳴き声にしばし耳を傾けたあと、庫裡(くり)を訪ねて閼伽桶(あかおけ)と火種を借り受けた。

麻が柘榴の家に暮らすようになってひと月以上が過ぎていた。

先代の半右衛門の四十九日は終わっていた。

麻は幹次郎を通じて、当代の半右衛門に墓参りをさせてほしいと願っていた。

八代目の半右衛門は、麻の願いを然(しか)るべき時節に叶えさせてやるつもりだった。

だが、御蔵前の札差百九組が新しい札差筆頭行司を巡って、買収工作や脅しなど血で血を洗うような暗闘を繰り広げ、当代の半右衛門も幾たびも神輿に乗せられそうになった。

半右衛門は亡父の命を守り、ときに脅迫めいた要請を神守幹次郎の後見により避けて、最後まで醜い争いから一定の距離を置いてきた。

結局ひと月以上にわたる争いののち、森田町二番組の峰村屋与惣兵衛が新たな筆頭行司の地位に就いた。

峰村屋は、亡くなった先代半右衛門より五つも年上で温厚だけが取り柄ということで海千山千の札差たちの頭分に選ばれた。

「棚からぼた餅」

で得た地位だ。

山積する問題を解決する力が与惣兵衛にないことは、だれにも分かっていた。

与惣兵衛が数年後に亡くなったとき、また争いが再燃することはだれの目にも明らかだった。

八代目の伊勢亀半右衛門は、この争いの一部始終を傍観し、ときに幹次郎と話し合ったりしながら、騒ぎが収まるのを待った。

新筆頭行司が選ばれたと同時に、御蔵前では先代の四十九日法要が行われた。

それは札差百九株の対立を少しでも和らげる算段として、半右衛門が御蔵前にある西福寺で法要を願い、一応新筆頭行司の峰村屋が参列することで、

「手打ち」

が行われたのだ。

それが終わったあと、半右衛門が幹次郎に加門麻の墓参りを許した。

そこで幹次郎は汀女と麻を従えて、伊勢亀の屋根船で行こうとした。

だが、汀女は、

「幹どの、こたびのお墓参りは伊勢亀の大旦那様の法要です、麻が務めねばなりません」

「麻どのを独りで行かせるのですか」

「いえ、幹どのが案内役として従うのです。半右衛門の大旦那様は静かに眠ることを望まれました。そして生前、お身内の他に心を許されたのは麻と幹どのです。加門麻として、半右衛門様の仏前にお礼を申してきなされ」

と同行を柔らかく拒んで幹次郎に諭すように言った。

そんなわけでふたりは伊勢亀の船で多聞寺を訪れたのだ。

土葬された半右衛門の墓は、自然石で建てられていた。

半右衛門自らが選んでいた緑がかった伊豆石の墓だった。石には戒名もなにもなく、先日の手打ちの法要とは別に、身内だけで四十九日の法会を済ませた痕跡があった。

幹次郎と麻は、清める要もないほどきれいに整備された墓石の周りを重ねて清め、花と線香を手向けた。

麻は墓石の前に跪いて数珠といっしょに手を合わせた。

長い合掌だった。

麻は心の中で半右衛門に礼を述べ、向後のことなどを胸中で独り問答しているのだろう。幹次郎はそんな風に考えながら、半右衛門が贈ったという網代模様の伊勢小紋に身を包んだ麻の背中を見ていた。

麻は身内同然に柘榴の家に馴染んでいた。

幹次郎と汀女は、もし麻が望むのならば柘榴の家に離れ屋を造作しようかと話し合ったりしていた。

急に鶯の鳴き声が消えた。

初夏の空にむくむくと黒雲が湧いて遠雷が響いた。そして、隅田川の両岸に襲いくる気配を見せた。

「麻どの、雨が降ってくる」

背中に声をかけた。

だが、麻が合掌を解く様子はなかった。

幹次郎は、その場で半右衛門の墓石に向かい、合掌した。

不意に耳の奥に半右衛門の声を聞いた。

(神守様、加門麻として生きていく覚悟ができたようですな)

(半右衛門様、わが女房と姉妹のように暮らしております)

忍び笑いが聞こえてきた。

(長年嫌な務めも果たしてきた薄墨です。麻の好きなように暮らさせなされ)

無言裡に幹次郎は頷いた。

ぽつんぽつんと雨が降ってきた。

麻が立ち上がったので幹次郎は庫裡に閼伽桶を返し、寺から一本の番傘を借り受けて、寺の隣の丹頂庵を急ぎ訪ねた。するとで玄関に屋根船の船頭がいて、

「神守様、嵐の季節には早いが大荒れになりそうです。しばらく丹頂庵でお休みください」

と幹次郎らに願った。

雷がどんどんと江戸へと接近し、凄まじい勢いで雨が降り出し、風も吹き募った。

丹頂庵は嵐に閉ざされた。

「半右衛門様の怒りの涙であろうか」

「だれに怒っておられるので」

「御蔵前の札差仲間であろう」

新たに祭り上げられた峰村屋与惣兵衛では幕府との交渉ごとが全く叶わないことを幹次郎は承知していた。

札差が旗本や大名家に貸している金子は、幕府の収入の何倍にも上るだろう。

幕府が強引に、

「御用金賦課」

などを命じたとき、峰村屋与惣兵衛では太刀打ちできないことは一目瞭然であった。

御用金とは公儀が財政維持を名目に富裕商人などから強制的に借りた金子のことだ。そうなれば札差の何割かが潰れることも考えられた。

「いえ、私はそうは思いません」

と麻が否定した。

生前半右衛門の世話をしていた娘のあやが姿を見せて、幹次郎に会釈した。

「ようお出でなされました。当代様からご接待をせよと申しつかっております」

とふたりに言った。麻があやに会釈しながら、

「伊勢亀の大旦那様はかような怒り方は決してなさらぬお方でした」

と言い添えた。

「いかにもさようであったな。ならば、そなたのお参りを喜んでの雨か。それにしても激し過ぎる」

麻の言葉に幹次郎が応じた。

「神守様方、こちらへ」

丹頂庵の座敷へとあやが招いた。

嵐の襲来に丹頂庵は雨戸が閉じられて、あちらこちらに行灯が点されていた。

「お邪魔致します」

ふたりは丹頂庵の仏間にまず通り、線香を上げてここでも半右衛門の仏前に手を合わせた。

あやが茶を供してくれた。

「お世話をかけます」

麻があやに初めて声をかけた。

「あやさんは、半右衛門様の面倒を最後の最後までみておられた娘御です」

幹次郎がここであやを加門麻に紹介した。

「半右衛門様はお幸せなお方でございましたね」

麻が応じた。

「はい」

と答えたあやが、

「もしや薄墨様と申されるお方ではございませぬか」

と麻に尋ねた。

「はい。吉原にて半右衛門様の世話になった者です」

「大旦那様は、時折り薄墨様のことをぼそりぼそりと、でも内心は嬉しそうに私にあれこれと聞かせてくれました」

「半右衛門様がさようなことを」

「はい。最後には薄墨を託すべき人物ができたゆえ安心とも申されました。神守幹次郎様のことでございましょう」

麻が頷いた。

「私は半右衛門様から幹次郎様に託された女子ですか」

麻の念押しにあやは、黙って頷いた。

外の嵐は丹頂庵での話し声が聞こえないほどに続いていた。

「この嵐、夜半まで続くかもしれません。麻様、どうか大旦那様の法要と思(おぼ)し召して今晩はこちらにお泊まりください」

あやが願って退室していった。

幹次郎と麻は行灯の灯りで互いに顔を見合わせた。

吉原にも豪雨と強風が吹きつけ、暗くなった空に雷鳴が轟(とどろ)いていた。

「夜見世は大丈夫か」

仙右衛門はそう言いながら腰高障子を薄く開けて顔を大門へと向けた。

会所の軒下に金次と遼太が立って雨の飛沫(しぶき)を裾に受けながらも大門を見ていた。

だが、大門を出入りする人影はなかった。

かような日こそ足抜が起こる可能性があった。ゆえに軒下からではあるが見張っていたのだ。

「ひでえ雨だぜ、番方」

と金次が言った。

「ああ、だが、油断してはならないぜ」

「へえ」

と金次が答えた。

叩きつけるような雨は飛沫を上げて、仲之町にはすでに水たまりができ始めていた。

「おい、仙右衛門、この天気はなんだ」

面番所の中から村崎同心が豪雨強風雷鳴に抗して叫んできた。だが、面番所の前には御用聞きの手先ひとりとして立ってはいなかった。

「村崎様、天気ばかりはどうにもなるまいぜ。夜見世までに上がりますかね」

「こりゃ、当分降るとみた」

「夜見世はだめか」

と仙右衛門が呟いた。

「夜見世どころか、昼見世の客は楼を出るにも出られまい。夜見世まで居続けするような客じゃなし、懐寂しい勤番侍は、このどしゃぶりの中を濡れそぼって屋敷に戻るしかないか。吉原の昼遊びもこうなると命がけだな」

村崎が酷薄なことを言い、しばらく雨脚を見ていたが、

「おい、裏同心はどうしておる」

と仙右衛門に尋ねた。

「今日はいい具合に休みですよ」

「なに、休みだと。なにか企んでないか」

「いえ、伊勢亀半右衛門様の四十九日ですよ」

「この前、西福寺で催されたではないか」

「あれは札差仲間の義理の法要ですよ。神守様は半右衛門様の最期を看取られたお方だ。そちらに参られたのではございませんかえ」

仙右衛門は、昨日幹次郎が四郎兵衛に半日の休みを願ったのを承知していた。この雨では墓参りどころではないな、と仙右衛門は幹次郎に同情しながら村崎に答えていた。

「あいつばかりがなぜ分限者にもてるかのう。わしなどカスしか寄ってこぬわ。どこがやつと違うのだ」

「人柄ですよ」

「人柄じゃと、わしもそれなりの人徳は備えておるつもりだ」

「人の考えは様々ですからね」

仙右衛門は腰高障子を閉めた。

会所の土間にも行灯が点されていた。

長吉以下、見張りのふたりを除いて若い衆が顔を揃えていた。

廓内を見廻りに行こうにもこの天気ではどうしようもなかった。精々軒下から大門の出入りを見張るくらいのことしかできなかった。

「番方、師匠はお墓参りですか」

と澄乃が訊いた。

澄乃はなんとなく吉原会所に馴染んできていた。そして、幹次郎のことを、

「師匠」

と呼ぶようになっていた。幹次郎は、

「会所の頭取は四郎兵衛様だ。頭分も師匠も四郎兵衛様の他にはおらぬ」

と澄乃に注意したが、幹次郎の前以外では師匠と呼んでいた。

「伊勢亀の大旦那の墓所がどこにあるか知らぬが、この雨風では難儀しておられような」

と仙右衛門が所在なさげな澄乃に言った。

浅草寺門前並木町の料理茶屋山口巴屋でも豪雨が店を囲むように配された石組みの疏水の水面を押し上げて、蓑を着た甚吉が、

「姉様よ、店の中まで雨水が入ってこないか。どうしたものかね」

と叫んで表口にいた汀女に訊いた。

「甚吉さん、納屋に土嚢が用意されていましょう。門前に土嚢を積み上げなされ」

と汀女は命じた。

「おお、忘れていた」

甚吉が叫んで納屋に走っていった。そして、料理人の正三郎らも加わって門前に土嚢を積み上げ始めた。

また稲光が走った。

(幹どのと麻はどうしておられようか)

汀女は墓参りのふたりに想いを巡らした。

伊勢亀半右衛門の隠れ墓は隅田村多聞寺と幹次郎から聞いていた。伊勢亀の船

で往復するとも聞いていたが、この雨風次第では帰ることは叶うまいと思った。

汀女は激しい雨の中、土嚢を積む男衆を見ながら、

（幹どのと麻にとってやらずの雨）

になったようだと、微笑ましくもふたりの決断を想像した。

汀女は麻を妹のように遇していた。

これまで全盛を極めた薄墨太夫とはいえ、伊勢亀半右衛門のように粋を心得た客ばかりではなかったはずだ。大半が薄墨の体を求めてのことだった。嫌な思いをさんざんしてきた薄墨が加門麻に戻ったとき、やらずの雨が一時の至福を授けてくれることを、汀女は心から願っていた。汀女には父親の借財のために、金貸しをしていた藩の上役の藤村壮五郎のもとへ嫁という名で売られた経験があった。それを幼馴染の幹次郎が強引に連れ出してくれた。

加門麻が幹次郎に淡い感情を抱いていることを承知していた。ならば、この雨がふたりの決断を後押ししてくれるのではないか、そう汀女は願った。

幹次郎と麻は、あやが用意してくれた夕餉を食したあと、座敷に並べて敷かれた夜具を見て言葉もなくただ立っていた。

雷はやんだ。
麻の耳に鳴いてもいない鶯の声が響いてきた。
風雨は弱まるどころか強まっていた。
「幹次郎様」
と麻が呼んだ。
長い一夜になりそうだと幹次郎は思った。

二〇一六年十月　光文社文庫刊

光文社文庫

長編時代小説

流鶯（りゅうおう）　吉原裏同心（よしわらうらどうしん）(25)　決定版

著者　佐伯泰英（さえきやすひで）

2023年4月20日　初版1刷発行

発行者　三宅貴久
印刷　萩原印刷
製本　ナショナル製本

発行所　株式会社　光文社
〒112-8011　東京都文京区音羽1-16-6
電話 (03)5395-8149　編集部
8116　書籍販売部
8125　業務部

ISBN978-4-334-79468-2　Printed in Japan

組版　萩原印刷